光文社文庫

長編推理小説

翳《かげ》った旋《せん》舞《ぶ》

松本清張プレミアム・ミステリー

松本清張

光　文　社

目次

第一章　失策

1

三沢順子は、去年の春、東京のある女子大を卒業して、すぐに現在のR新聞社に入った。入社試験のとき、どんな部を希望しますか、と委員に訊《き》かれて、社会部のようなところが希望です、と答えた。

委員は履歴書を見て、

「あなたは英語が出来ますね？」

と、訊いた。その女子大は英文のほうでは高名だったのである。

順子は社会部には入れられずに、現在の資料調査部に配属された。このとき入社した女子社員は、順子のほかに、事業部が一人、校閲部が一人であった。

資料調査部というのは、どういう仕事をするところか。多分、新聞記事の資料を提供したり、政治社会の小むずかしい問題点を調査するところだと思っていたが、実は糊《のり》と鋏《はさみ》の手工室のようだった。ここにはあらゆる新聞雑誌が取り寄せられている。それらを事件別、人物別、または話題別に分類して切り抜き保存するのである。もちろん、珍しい写真も同様である。

たとえば、有名人に関する記事は、彼に関する一切のことが切り抜かれて整理袋の中に入っている。それで、中曾根康弘だとか、松下幸之助などになると、ふくらんだ袋は五つも六つもならんでいる。写真についても同様で、切り抜きのほかは、写真部のプリントはほとんどここに回されてきて、保存してある。それは人物本位のこともあればスポーツ、科学、教育、文化事業といったように区分されてもいる。

これらはいつ何どきでも紙面に出せるように揃《そろ》えられて用意してある。もとより、日本の新聞雑誌だけに限らない。外紙や外国誌はほとんど取り寄せられているので、重要と思われる記事と写真は切り抜かれてある。

もっとも、外国記事はここで簡単に要領を翻訳しておくこともある。近ごろのように発展途上国のニュースが頻繁《ひんぱん》に紙面に現れると、さ程知られない人物の写真でも保存しておかなければならない。ベトナム、ラオス、タイ、パキスタンなどといつた東南アジア諸国の関係以外に、アフリカの新興国の記事も大事に切り抜いておかれてある。

たとえば、米原子力空母「エンタープライズ」の佐世保寄港が世間を騒がせると、たちまち、エンタープライズの写真と関係記事が整理部の要求に応《こた》えることになる。そこで、エンタープライズに関する切り抜きが資料として載るという次第だ。

「エンタープライズは、一九六一年十一月に就役した世界初の原子力空母。全長三三五・九メートル、全幅七六・八メートル、喫水一〇・九メートル、速力三五ノット、搭載機はF14戦闘機など九十機、乗組員は五千五百人を数える。大きさ、搭載機数からも米海軍のトップクラスで、米第七艦隊のシンボル的存在」

このような「解説」は記事と同様に寸秒を争う時間に書かなければならないから、資料はたえず資料調査部に整備されておかれねばならない。つまり、糊と鋏の手工的な作業だが、新聞社の機構としては重大な役目を持っているわけである。

しかし、この資料調査部は新聞社の機構の中で大切には違いないが、その存在は地味だということができる。新聞社の編集関係で花形なのは、何といっても政治部と社会部である。社旗を翻《ひるがえ》して大型車が街頭を疾走する風景は、まことに新聞社の敏速性を象徴している。彼らは絶えずニュースを追って活動している。

同日の夕刊か翌日の朝刊には、それが華々しい記事となっている。彼らは電話をほうぼうにかけたり、締切間際の戦場のような編集部の中を派手に泳ぎ回る。

こういう華やかさは資料調査部には見られない。いうなれば、ここはそういう記者活動の縁の下の力持ちであり、陰《かげ》の協力者である。千両役者の演技をうしろから絶えず気をつけて見ている黒子《くろこ》と同じだ。観客席には彼らの存在は分らないし、無視されている。

それは、一つは新聞社の人事的配置からくるかもしれない。政治部や社会部の連中は何といっても陽の当る部署だから、まず「有能な」記者が配置される。だが、R社の資料調査部は社会部などから不適格の烙印《らくいん》を捺《お》されて流されてくる人間もいる。そのことがよけいに資料調査部の空気を沈滞させ、コンプレックスを持たせ、怠惰《たいだ》と無気力の気分に陥し入れてしまう。

部長は特別だ。R社では、資料調査部長の椅子《いす》を出世階段の一つとしているから、一時的に居坐《いすわ》るつもりの者が多い。したがって、本気にこの仕事に取り組む者は極めて少ないといっていい。そのほとんどが、部の仕事をみるというよりも、社内における政治的な動きに立ち回っている。だから、一日中部長席に坐っていることはめったにない。

デスクはどうであろうか。

沈滞した空気を最も身につけているのは、この次長クラスといっていい。なぜなら、彼らは政治部や社会部、あるいは整理部などのデスクを勤めていて、そこで不適格と見なされた連中がこの資料調査部に追い落されることも多い。彼らはくさっている。R新聞社では、一度不適格の烙印を捺された者は、二度と浮び上がることは至難のことだといわれている。

三沢順子は、そういう調査部に勤めていた。

三沢順子は高円寺のアパートにいる。駅からバスで十五分という距離が、割合に部屋の値段を安くさせていた。彼女の出勤は大抵十一時ごろだから、ラッシュアワーから外れている。そのため車内で揉《も》まれる苦労はなかった。大抵腰をかけて東京駅まで行ける。

それでも資料調査部では出勤の早いほうだった。ほかの部員は昼を過ぎないとやってこない。

この資料調査部には、もうひとり女がいた。河内三津子で、順子より八年先輩だった。

もっとも、河内三津子を一見して女性と判断するには少しばかり時間がかかるようだ。彼女は断髪にしているが、髪が縮れているので、女らしいヘアスタイルにすることができなかった。その縮れ方もひどく、額際が禿《は》げ上がっているので、性別がはっきりとしない。眉《まゆ》がうすく、鼻が低くて、口が大きい。顴骨《かんこつ》は出ているし、柄《がら》は小さい。

小柄ということが彼女の可愛《かわい》らしさを増すということは決してなかった。むしろ、ずんぐりとした胴の長さとガニ股《また》がよけいに男性を錯覚させる。冬になると、彼女は革ジャンパーを着て、コール天のズボンを穿《は》き、夏は男のワイシャツを着て、ギャバジンか何かの紺ズボンを穿いている。スラックスなどというシロモノではない。上から下まで全部男物ずくめだった。

声は嗄《か》れている。煙草《たばこ》はよく吸う。椅子に腰を下ろして、膝《ひざ》を組合わせ、くわえ煙草でいるところなどを見ると、彼女が女であることに気づく者はなかった。

河内三津子も高名な女子大を出ている。入社試験では男どもを尻目《しりめ》に上位の成績を取った。早速、社会部に回されたが、ここでは不適格の烙印を捺された。思ったより活動的でなく、その胴長な身体《からだ》が示すごとく鈍重で、非活動的だった。カンもいいとはいえない。教養と職場での才能とは全く別ものであることが分った。

河内三津子は三十一歳になっている。未《いま》だかって浮いた噂《うわさ》はなかった。もっとも、このような女を相手にする男性は、よほどの物好きでないと居ないであろう。そういう点、彼女は全く安全圏内に置かれていた。

しかし、彼女は相当な金を溜《た》めていた。男性に相手にされない女は、金を蓄えることでその虚《うつ》ろな気持を埋めるのであろうか。あるいは金銭を持つことで男性を待っているのであろうか。彼女は最近運転免許証を取り、小型車も一台買った。

社員はほとんど浪費家だった。大半は酒に費消してしまう。それに彼らはお洒落《しやれ》だったから、洋服には気をつけた。給料日になると、これらの商人が玄関と裏門に犇《ひしめ》き合っている。そういう中を河内三津子は胸を張って通り、玄関先に駐車させた小型車に乗り込む。彼女は債鬼《さいき》にとりつかれている記者たちをせせら笑っている。デスクの金森謙吉も絶えず彼女から融通を受けていた。彼は会計に走って前借を重ねるから、給料日の袋の中には伝票ばかりが詰っていた。

金森は元整理部次長だったが、不用意にも同じ記事を二度載せて譴責《けんせき》を喰《く》い、この部署に落されたのだ。これが三年前で、爾来《じらい》ウダツが上がらない。

彼は酒のほかにギャンブルが好きだった。競輪、競馬、マージャン、何でもござれだ。将棋も相当な腕前だったが、賭《か》け将棋でないと相手にしない。一面からみると、そういうことでもしなければ鬱憤《うっぷん》が癒《い》やされないのかもしれぬ。整理部時代の同僚はほとんど次長になったり、なかには局次長に昇進している者もいる。

彼はほとんど仕事をしない。部長の末広も金森には一目置いている。今さら叱《しか》ったところで、それがこたえる人間ではなかった。金森は午後の一時ごろゆっくりと現れて、一時間も居ると姿を消してしまう。それから六時ごろに戻って賭け将棋を二、三番指し、風呂に入り、近所のコーヒー屋に行って、一度戻ってから居残りの夜勤料をつける。部内でこれを知らぬ者はいないが、誰《だれ》一人として非難する者はなかった。金森の説によると、夜勤料も完全に生活費を支える一部だから当然の自衛だというのである。

部員の田村と植村、吉岡の三人はまず勤勉なほうだった。金森謙吉が仕事をしないぶんだけ彼らが分担させられていた。

部長の末広は、ほとんど席に居ない。彼は写真部長（といっても彼はカメラ一ついじることができない。つまり、これは次の部長ポストに上る腰掛だった）から来た男で、次は学芸部長か社会部長を約束されている。したがって、末広部長は出社しても、編集局長室か、他の部長連の席に行ってだべるだけが仕事のようだった。

ときたま、あまりぱっとしない雑誌の座談会に出たりして、社を代表したような格好で一席ぶってくる。

整理部員は絶えずこの部屋に出入りした。紙面の作成上、人物の写真が必要だったり、以前に起った事件の記事が参考に欲しかったりする。

そんなとき、調査部員は彼らの要求にきりきり舞して応じなければならない。いうなれば、ここは整理部に従属しているといっても言いすぎではなかった。これがはなはだ金森謙吉の気に入らない。

「なんだ、あいつは」

彼は元居た自分の部署を罵《ののし》った。

「横柄《おうへい》な口を利《き》いて、半分命令的に言って来やァがる。そういちいちぺこぺことあいつらの言うことを聞くことはないよ」

彼は若い調査部員にそう言っていた。

とにかく、この部屋は生きた新聞社の機構とは別に、無気力と怠惰に閉じ込められていた。

三沢順子は、そういう職場に毎日鋏を動かしていた。

順子は、お昼休みになると、社の食堂で昼食をとり、それから社の近くの銀座にさまよい出て行く。河内三津子が一緒のときもあるが、大抵は彼女一人だった。

彼女一人のときは、お茶を喫《の》みながら文庫本など読んだりする。社内の仕事の関係上、整理部員が声をかけてきたりした。

なかには帰りにお茶を誘う者もいたが、彼女はあまり気が進まないので、そういう招待はなるべく断っていた。

ひとりで本を読んだり、ぼんやりとつまらないことを考えたりするのが愉《たの》しいのだ。

河内三津子と一緒の場合は、彼女から聞かされる「思想」に興味がないでもない。河内三津子は要するに、結婚生活など面倒で、うるさくて、女にとってはこれほど不利なことはないというのである。

「わたしの友達など、家庭を持った人はみんな不幸だわ」

彼女は言った。

「すっかり亭主に征服されて、顎《あご》で使われている上、いつも少ない給料でやりくり算段だわ。その上、亭主に浮気されたり、勝手なことをされてるのに、別れる決心もつかず、子供を産んで、なおさら縛られているわ。若いときは素晴らしい美人だと思ったのに、久しぶりに遇《あ》ってみると、すっかり痩《や》せてしまって、その窶《やつ》れようったら見る影もないわ。つくづく結婚はご免だと思うわ」

彼女は、女一人が生活してゆくには、なまじっかの男を頼るよりも、自分の蓄えた金のほうがどのように頼もしいかしれない、と言うのだった。

「一度、わたしのアパートに遊びに来てよ」

彼女は、アパートの部屋がいかに美しく装飾され、豊かな教養に充ち満ちているかを語るのだった。おそらく、そうした彼女の努力は、美しいが見窄《みすぼ》らしい生活を送っている友達への、優越感からかも分らなかった。

「あんたなんかも気をつけなさいよ」

三津子は言った。

「一度、男に陥落したら、もう深い淵《ふち》に突き落されたみたいに、匍《は》い上がることができないからね。そりゃ男は巧《うま》いこと言って口説《くど》くわ。相手の女を手に入れるまでは辛抱強く勤勉だわ。でも、それに騙《だま》されては駄目よ。少しでも女の心が動いたとみると、男は禿鷹《はげたか》のように舞い下りてくるからね」

おそらく、それは河内三津子の体験談ではなく、彼女が他人から聞いたり本で読んだりしたことからくる感想に違いない。

しかし、彼女はあたかもそれが自己の体験かのように錯覚し、話しながらみずからその空想に陶酔しているようにみえた。

銀座のひとときの雑沓《ざっとう》を歩くのは、怠惰な職場に戻るまでの気分転換ともいえた。それに、この時刻だと、新参の部員が一人くらい残る程度で、ほとんどが出払ってしまう。それは窒息しそうな空気から一時逃れて、できるだけその肺に新しい空気を詰め込まなければやりきれないといった生理的な要求にさえみえた。

その日、順子が社に帰ると、部内は一人も残っていなかった。部長は客を伴《つ》れてどこかに飯を食いに行ったらしい。次長の金森は近所のマージャン屋に出かけると言っていたから、これは帰りが遅くなるだろう。河内三津子も、ほかの男の部員も姿を見せず、調査部はがらんとしていた。

順子が坐ってから五分ぐらい経《た》ってドアがあいた。

「写真を出してくれませんか」

その整理部員が言った。二十五、六ぐらいの若い男で、木内という名だった。

「何という人ですか？」

順子は起《た》った。

「ええと……S・フレッチャーという人ですがね」

馴染《なじ》みのない名前だ。順子はS・フレッチャーの保存写真を捜した。書棚の奥に、そういう写真の保存袋を詰める鉄製の引出しが天井まで一ぱい詰っている。表側の索引を見てS・フレッチャー氏を捜し出した。外国人で、それほど高名な人ではないから、「F」の部につっ込みで入っていた。

S・フレッチャー氏は、四十五、六ぐらいの、哲学的な表情の持主だった。

「この人ですか？」

順子が見せると、木内は、自分の持っているザラ紙の名前と照らし合わせ、

「これです、これです」

と言い、改めて写真を眺めた。

「なかなかいい顔をしていますね」

と、感想を洩《も》らして、

「おや、今日はみなさんお留守のようですな？」

と、あたりを見回した。

「ええ、食事の時間ですわ」

「そうですか。調査部はいいですね。ぼくなんか、いま、早版《はやばん》の夕刊の締切できりきり舞ですよ」

木内は順子の顔をちらりと眺め、そそくさと部屋を出て行った。

2

事故の騒ぎは翌日に起った。

順子は十時半ごろに出社し、資料調査部に入ると、部長の末広が椅子に坐っているのにびっくりした。いつもは昼過ぎでないと彼は出てこないのだ。

ふだんの彼は一時近くに出社して編集局の各部長の席を回って雑談したり、外来客とお茶を喫みに出かけたり、ゴルフに行ったりして、ほとんど席にいることが少ない。その部長が今朝《けさ》は、デスクの金森もほかの部員も揃っていないのに、ちゃんと出て来ている。

「お早うございます」

順子が挨拶《あいさつ》すると、末広はにこりともしないでむずかしい顔をしている。

順子は、部長さん、ずいぶんお早いんですね、といおうとしたが、彼があまり不機嫌そうな顔つきをしているので、黙って席についた。仕事にかかろうとすると、

「三沢君、ちょっと」

と、部長は呼んだ。

河内三津子もまだ出てなくて、吉岡と植村がほかに居るだけだった。

「この写真、君が出したのかね？」

部長は昨夜の夕刊をひろげて、彼女の眼の前に突きつけるように出した。一面に外電が載っているが、S・フレッチャー氏の写真が楕円形《だえんけい》の中におさまっている。記事は中近東における国際紛争に関するものだった。

「はい、そうです」

「これ、君、フレッチャー氏と思うかい？」

「は？」

順子には咄嗟《とっさ》にその意味が取りかねた。

「記事をよく読んでみたまえ。サミエル・フレッチャー氏と書いてあるだろう。ところが、この写真はスミス・フレッチャーだ。ほら、こっちの新聞を見てみたまえ」

部長は他社の新聞を三種類彼女の前に突き出した。それを眺めて順子は息を呑《の》んだ。

写真の顔が違っている。しかも、他社の三紙は全部同じ顔なのに、R紙のぶんだけは全く違った人相だった。他社の写真は肥《こ》えて容貌魁偉《ようぼうかいい》の男になっているが、R

紙は痩せたスマートな顔である。

明らかにフレッチャー氏違いだった。

「スミス・フレッチャーは、国連の××課長だ」

部長は吐き出すように言った。

「そんな常識が君に分らないかい」

常識といっても、国連の事務局長以上ならともかく、一課長の顔を常識として誰が知っていようか。

「サミエル・フレッチャーは、中近東のL国の内相だ。いま、渦中の人物になっている。え、君、そんな区別がつかないでは困るね。おかげでうちの新聞は天下に大恥をかいたよ。……今朝、ぼくは編集局長から呼び出しを喰って出て来たところだ」

順子は蒼《あお》くなった。

「この写真の資料を出したとき、金森君は席にいなかったのかい？」

植村と吉岡は、自分の仕事をしながら部長と順子との問答に聞き耳を立てている。

「はい、外出でした」

「どこに行ったのかい？」

そのとき金森次長は近所のマージャン屋に行っていたのだ。しかし、それは順子には言えなかった。

「存じません。多分、お茶ではなかったかと思います」

「整理部から写真を言ってきたとき、君はよく検討してみなかったのかい？」

「はい、整理部ではS・フレッチャーと言ってこられましたから」

「なるほど、二人とも頭にSが付いている。しかしだね、少しでも新聞を読んでいれば、それがサミエル・フレッチャーだと分るはずだがね。君、それは君の勉強が足りないんだよ」

無理な話だった。それなら、なぜ整理部はサミエル・フレッチャーとフルネームで請求してこなかったのだろうか。

「いや、君が勉強をするしないはどっちでもいいがね。とにかく、こんな間違いをしでかして社に迷惑をかけたのをどうするんだ？」

「すみません」

順子は謝ったが、自分だけに責任が集中されているのにどこか実感がなかった。

「あの、整理部では、こちらから出した写真に疑問を持たなかったんでしょうか？」

「もちろん、整理部がそれをパスしてしまったというところにもミスがあったがね。しかし、整理部としてはうちの部を信頼していたのだ。これまで一度もこんなバカげた間違いはなかったからね」

部長は日ごろ鷹揚《おうよう》なポーズをとっていて、ときには彼女の前で、遊びに来た他の部長と猥談《わいだん》などする男だったが、今度はすっかり小心さを顕《あらわ》していた。その小心さは、このことが瑕《きず》になって自己の出世街道を妨げるとの考えからきているようだった。

そのとき、ドアを煽《あお》って河内三津子が背の低い縮れ毛で颯爽《さっそう》として入ってきた。もっとも、この場合は颯爽という言葉は当らないかもしれない。彼女はガニ股で歩いてくると、持っていた黒鞄《くろかばん》を机の上に置き、椅子にどっかと坐った。それから、男の着る背広の上衣《うわぎ》から煙草を取り出すとぷかぷか吸いはじめ、横眼で部長と順子の様子をじろじろと眺めていた。

「ぼくは局長に呼びつけられて大目玉を喰った。局長は資料調査部がたるんでいるんじゃないかと言っている。最終的にはぼくの責任だが、部長にこういう責任を取らせる君たちの仕事ぶりが問題なんだよ」

そう言って部長は、いま出勤して煙草の烟《けむり》を吹き上げている河内三津子に首を回した。

「河内君。君、この写真を出したとき、君は部屋にいたのかい？」

部長に睨《にら》まれて河内三津子は、ゆっくりと煙草を指の間に挟んだ。

「何か、あったんですか？」

彼女は落ち着いた声で訊き返した。

「何かあった？……君はまだ知っていないのか？」

「存じません」

「昨日の夕刊に、どえらい間違いが起ったんだ。見たまえ、ウチの新聞とよその新聞と」

彼は眼の前に開いた新聞を指で叩《たた》いた。河内三津子は仕方なさそうに椅子を離れ、部長の横に行き、縮れ毛を低めて新聞に眼を落した。

「ああ、写真の間違いですか？」

「君、写真の間違いですか、と簡単に済む問題じゃないよ。この通り、わが社は大恥をかいた。いま聞けば三沢君が資料を出したそうだが、君そのとき、どこに行っていた？」

「多分、友達が来たので、お茶に行っていた時と思います」

「君のような先輩は、三沢君をひとり残すというようなことをしたら困るね。え、君。夕刊の早版の締切が何時ごろで、そのころにはどんな写真を整理部が借りにくるか分らないぐらい、何年も勤めているのだから君も分っているだろう？」

「ええ……でも、こんな間違い、わたしでもしかねませんわ。だって、どちらもイニシアルがＳとなっているでしょう。Ｓ・フレッチャー氏ならわたしでなくても、ひょっとすると金森次長もやりかねませんわ」

「なに」

部長は顔を赧《あか》くした。

「何をいうんだ。君は、こんな常識が分らないでどうする？」

「常識だとおっしゃれば仕方がありませんけれど」

三津子は、うすい眉の下に鈍い眼を光らせ、動じない態度で椅子に戻った。それから遠慮もなく煙草を唇《くち》にくわえた。

「それだったら部長さん。整理部はどうしてそれをチェックしなかったんですか？」

「いまも、それを三沢君から逆に訊かれたが、責任をよその部に転嫁《てんか》してはならんよ。資料を出したのはこっちだからね。整理部は忙しい。ウチの部を信頼しているから間違いないと思ってパスさせたんだ」

「整理部も忙しいかもしれませんけれど」

河内三津子はいい返した。

「それくらいの注意は欲しいものですね。それに、部長さんも今、それは常識だとおっしゃったけれど、常識だけに整理部のほうでもっと気付かなければならないことですわ。校閲部だってそうでしょう、そこでもちゃんと間違いをパスさせているんじゃありませんか？」

「間違うときは、得《え》てしてそういうもんだ」

部長は頰《ほお》をふくらませた。部長には、男のような河内三津子が苦手《にがて》であった。

「誤植《ごしょく》が紙型を取るまでの各関門を何《なん》なく通ることはあるよ。だが、これは写真だ。ほかの部のほうも責任がないではないが、最大の責任は当事者のウチだからね。信用を誇っているわが社が、こんな単純な間違いを読者の眼の前にさらけだしたのだから、局長が憤《おこ》るのは無理ないよ、……あのとき、金森君はどこに行っていたんだね？」

「金森さんですか？」

河内三津子は平然として言った。

「よその部から電話がかかってマージャンを誘われていたようですから、マージャン屋ではなかったですか？」

「マージャン？」

部長は苦々しく叫んだ。

「金森君にも困ったもんだね」

部長は実のところ、古くからいる金森には腹に据《す》えかねているところがある。しかし、その調査部に来て根の生えている彼は、いわば古参として歴代の部長が扱いかねている存在だった。以前に整理部の次長の経歴があるだけに平部員のようには扱えない。金森は頭もいいほうだし、仕事も分っている。そこに行くと、部長は次の出世コースの部に就《つ》くまでの腰掛けだから、仕事の内容は分っていない。そこに部長としての弱点もあった。

順子は困ってしまった。責任の点からいえば、彼女が一ばん重いかもしれない。確かに写真の裏には英文だが説明が付いている。それを読めば、スミス・フレッチャーは国連の××課長であることはすぐに気付くのだ。注意の足りない点を責められたら弁解の余地はないのだ。

整理部のデスクも裏側が英文の説明だから、ズボラをきめこんだに違いない。

それにしても、河内三津子が自分を庇《かば》ってくれるのは嬉《うれ》しかった。日ごろはそれほど付き合いがいいとはいえないし、評判もただ金のためだけの女だと悪評されていたが、いまの態度で思わず見直した。

そこに何も知らない金森が、のろい足取りでドアを開いて入って来た。部長は苦り切って、問題の新聞に眼を落す。金森は悠々《ゆうゆう》とコートを掛け、部長のすぐ横の次長席に坐った。背の高い男だから、彼が入って来ただけで部屋に充実感がある。

ほかの部員は問題の男が来たのでさすがに緊張して沈黙した。金森は悠々と引出しを開けて象牙《ぞうげ》のパイプを取り出し、その先に煙草をつないだ。部長には軽く頭を下げただけで別に、お早う、ともいわない。

部長は、ちょっと気圧《けお》されたような格好ですぐには話を切り出さなかった。ただ、示威的に例の新聞を机一ぱいにひろげている。

「今日はいい天気だな」

金森は黙っているみんなの誰ともなく話しかけた。

「こんな天気だと社に出てくるのが嫌になるな」

さすがに、部長がきっとなった顔を上げて、

「金森君」

「昨日、うちの部で写真を間違えて整理部に渡したのを知っているかね？」

「はあ」

「知りませんね」

「昨日の夕刊、君、見ただろう？」

「はあ、読んでいます」

「あれに載っている写真が、大へんな間違いだったんだ。これを見給え」

部長は見本のように四つ並べた新聞に、金森の眼を引き入れた。

3

編集局長室に部長と金森とが呼ばれたのは、それから十分後だった。

上役が叱られに呼びつけられたということは、部員にとって一種の快感である。今まで部長と金森とのやり取りを気詰りの沈黙で過して来た部員たちは、二人がドアから消えると急に解放された気分で饒舌《じょうぜつ》になった。どの顔にも昂奮《こうふん》の色がある。改めて四つの新聞をのぞく者もいた。

「三沢さん」

河内三津子は、くわえた煙草を灰皿に揉《も》み消して、向い側からにやりと笑った。

「あんた、心配しなくてもいいのよ。平気でいらっしゃい。こんなことでもないと、部長も金森さんも反省しないわ。いいクスリだわ」

順子は、眼の細い、鼻の低い扁平《へんぺい》な顔の河内三津子が、このときほど神に見えたことはなかった。

「済みません。本当にご心配かけちゃって」

「いいのよ。これでいちばんこたえているのは部長と金森さんだわ。部長は政治的な画策ばかりして、始終、外ばかり回っているでしょう。大体資料調査部なんて、部長は、小馬鹿《こばか》にしてろくすっぽ仕事など見ていないじゃないの」

「そりゃ、そうだ」

横から吉岡がいった。

「ここは、ほんの腰掛けのつもりだからね。大体、軽蔑《けいべつ》しているよ」

「だが、今度はこたえただろう」

切り抜きしている植村が言った。

「局長はやかましいからな。部長もこれで当分、出世のほうはお預けになるかもしれない。きっと冷汗をかいているに違いない。金森さんだってそうだよ。表面はあんなふうに豪放ぶっているけれど、実際は小心だからね。見たかい、あの顔色を。局長に呼びつけられたら、真蒼《まつさお》になっていたじゃないか」

実際、金森も日ごろから資料調査部の仕事を新聞社の仕事ではない、といい切っていた。こんなことは子供でもやれる。大の男が糊や鋏を使って整理部の下馬にないっていられるかい、ともいっていた。それには、自己の不遇への忿懣《ふんまん》が混じっている。

彼とても出世欲はあるのだ。その裏返しが、政治部や社会部の同期の次長を罵《ののし》る言葉に出ている。あいつは仕事ができないくせに、上のほうの機嫌をとるのがうまいからどうにかやっている、とか、あんなカンの悪い男はいない、とか、あいつは馬鹿だ、とか罵倒《ばとう》していた。

事実、金森謙吉は頭は悪くなかった。しかし、新聞社では頭脳明晰《めいせき》が必ずしも仕事のできる男とはならない。そこには、新聞記者特有の神経というものを持っていなければならない。金森にはそれがなかった。第一、彼は横着だし、注意力が散漫だった。それが彼を失格させている。

彼としても敵愾心《てきがいしん》がある。社内での出世コースに望みが薄いとなると別な面から同僚を見返したいと考えているようだった。

この部員のなかでは既に知れ渡っていることだが、金森はひそかに小説を書いていた。彼が遅く出社するのも、前晩の飲酒のせいだけではなく、どうやら原稿を書いているためらしいのだ。一説によると、彼はこれまで三度ほど相当な枚数の小説を書き上げ、どこかの雑誌の懸賞に応募したが、ことごとく、落選したということだった。

さて、三十分くらい経って、金森がひとりで部屋に帰って来た。部長は居なかった。彼はぶらりと散歩から戻って来たような顔を見せていたが、黙って椅子を窓のほうに捻《ね》じ向けると横坐りした。彼は顎をそらして煙草を天井《てんじょう》に吹き上げた。

ほかの部員は再び沈黙して、それぞれが仕事に没頭した。しかし、それは見せかけで、誰の意識も金森の様子に吸い寄せられていた。

その金森は、皆の意識が自分に集中しているのを承知の上で大きな欠伸《あくび》をした。

それがいかにもわざとらしかった。誰も何もいわなかった。こういう際、彼は誰かが自分に阿諛《あゆ》的《てき》に同情の言葉を言ってくれるものと期待しているようだった。順子も何か言わなければ悪いと思ったが、金森の取りつく島のない様子には、口がきけなかった。彼は憤《おこ》ったような表情だったが、そのくせ蒼い顔になっていた。

金森の表情は、次第に荒れ模様を見せてきた。

「この部のなかに、つまらぬことを言う奴《やつ》がある」

突然、彼は言った。

「誰だ、ぼくが昨日の昼間にマージャン屋に行ったと言ったのは？」

順子は息を呑んだ。

あたりの空気も一瞬凍ったようになっている。河内三津子がマッチの音を高々と鳴らした。

「あら、わたしだわ」

彼女は縮れ毛を振り立てて、金森に言った。

「ふむ、君か」

金森も河内三津子があまりあっさりといったので、出鼻をくじかれたような格好になった。

「君、ぼくを陥し入れたいのかい？」

彼は、胸を反らせて河内三津子を睨みつけた。大きな男なので、相当な剣幕《けんまく》にみえた。

「とんでもないわ。そんな誤解をしないで下さい。わたしは、ただ金森さんが部屋を出て行く前に、マージャン友達から電話がかかってきたのを知っていたから、マージャン屋に行ってたんではないでしょうか、と部長に言っただけだわ。あなたがマージャン屋に行っていたと決定的に言ったわけじゃないわ」

金森は、腹を立てている。河内三津子が暴露したマージャンの一件は、どうやら編集局長まで知れたらしい。

彼は三津子の言い分を聞くと、ふむ、と鼻を鳴らして憤った顔になった。

「結局はおんなじことだよ。マージャン屋に行ったのじゃないかという言い方は、行った、という決定的な断言と同じだ」

金森は言った。

「あら、そうですか」

河内三津子は平気な顔でいた。

これが金森を嚇《かっ》とさせたらしい。

「そうですか、とは何だ？　君、そんな言い草ってあるかい」

急に大きな声を出した。

「一体、君はこの部の人間をどう思っているのだ？　同じ部員同士ならお互いが庇《かば》い合うのが本当だ。それに、君は女じゃないか、え、そうだろう、女だろう？」

その念の押し方に、たっぷりと金森の皮肉が含まれていた。河内三津子は風采《ふうさい》だけでなく、顔も女だか男だか判然としない。女は肉体的な醜悪を指摘されるといちばんこたえる。

「はい、女ですよ」

河内三津子は、さすがに細い眼をきらりと光らせた。

普通ならこれは珍妙な問答で、傍で聞いている者が噴き出すところだったが、今はそれどころではなかった。

「ご念には及びませんよ」

河内三津子も言い返した。

「そうか……女なら女らしい気持をもっと持っていたらどうだね。同じ部の人間、しかも、ぼくは君より先輩だよ。こんな場合、君の想像で、マージャン屋のことを部長に告げ口する奴があるか。ぼくがあのときマージャン屋に行っていた証拠を君は持っているのかい？」

「別に、そんなものありませんわ。ですから、そうではないですか、と言っただけですわ。ね、金森さん」

河内三津子は昂奮を抑えて言った。

「あなたはそう言ってわたしを叱るけれど、日ごろのあなたは、勤務時間に始終ここを抜け出してマージャン屋に行っていたじゃありませんか？　いいえ、そこだけではないわ。競馬のシーズンになると、後楽園の場外馬券売場に行ってみたり、競輪がはじまると川崎まで出かけたりしていたじゃありませんか？」

「………」

さすがに金森はすぐには声が出なかった。彼の眼は据わっていた。

むろん、彼は自分のそうした行為を部員たちが日ごろから黙認しているものと思っていた。皆は一目おいて何も言えないでいるのだと考えていたのだ。つまり、彼は特別扱いをされていると自負していた。

だから、河内三津子にいま正面きってそこを衝《つ》かれると、それが正論なだけに理屈の上で言い返す言葉がなかった。

三沢順子は、二人の争いの声に耳を蔽《おお》いたくなった。ことの起りは彼女自身の不注意からである。彼女の手落ちであることに変りはない。一枚の資料の出し間違いが、これほど大きな問題になるとは思わなかった。よどんだ空気が少しも動かずに平穏だった調査部が、彼女のミスから急に険悪な風が吹いている。

「そうか。じゃ、おれは新入社員と同じことだな。この部屋に朝から晩まで居なければならないのか」

金森は言ったが、自分の言葉に次第に昂奮してきた。

「おれはこの社で何年メシを喰っているんだい。理屈はともかく、十五年もいるおれがずっと後輩の君から忠告をうけなければならないのか。もう少し、後輩らしく、そして、女らしくしたらどうだ」

「はい、分りました」

河内三津子は外国雑誌を切り抜きながら、これも皮肉に応じて答えた。

「せいぜいそうしますわ……でも、次長もやっぱり次長らしくしてもらいたいわ」

金森は三津子に向って拳《こぶし》を握って起ち上がった。が、さすがに激情を抑えると、乱暴に椅子を窓ぎわに寄せた。両手を首の後ろに組み、安楽椅子にでも長々と寝そべる格好になった。彼はそれにどっかと坐りこみ、長い脚をラジエーターの上に載せた。彼はふてくされたように口笛を吹いた。

河内三津子は、金森の様子をじろりと眺め、うす笑いして鋏を動かしていた。ほかの部員は沈黙している。奇妙に緊迫した静けさのなかで、口笛が鳴っていた。

三沢順子は、部長が戻ったらもう一度、丁寧に謝るつもりだったが、その部長はどこに行ったのか帰って来ない。

だが、金森は次長だ。彼にも一応詫《わ》びるのが当然であろう。金森と言い合いしたものの、河内三津子はやはり彼との今後の気まずさを心にかけているに違いなかった。毎日、顔を合わせている同じ部の人間なのである。

順子は窓に向いて身体を横たえている金森の傍に近づいた。

「金森さん」

順子は、小さく呼びかけた。金森はちらりと彼女に横眼をくれただけで返事をしなかった。ただ頰のあたりを少し硬《こわ》ばらせただけであった。

「今度のことはわたくしの手落ちで、どうも申し訳ございませんでした。これから注意いたします」

順子は頭を下げた。

しかし、金森は顎をそらせただけでそれに答えず、言葉の代りに、低く口笛をつづけた。

順子は金森の横に立ったまま、取りつく島のない顔でいる。金森は彼女を全く無視している。しかし、彼の神経が順子に集中していることは、その硬直した顔でも分った。

向うから河内三津子が、もういいから席に帰りなさいよ、と順子に目顔で教えていた。

「済みません」

順子は相手になってくれない金森に頭をさげて席に帰りかけると、

「三沢君」

と、金森が急に言い出した。

「君、すぐに始末書を書いてくれ」

「は？」

順子は顔をあげた。

「当然だろう。だって、君は大きなミスをしたんだからね。すぐに書きたまえ」

金森は命令した。

「はい、分りました」

順子は席に戻ったが、金森がふいと始末書と言い出したとき、ほかの部員もどきっとしたようだった。

おだやかな雰囲気のうちではなく、緊迫した沈黙の中で金森が言い出したのだ。見えない波動が起った。始末書自体は大したことではない。だが、この空気のさなかだった。

始末書をかく順子の手も震えた。

この始末書は、部長、次長が判コを捺し、局長の手許まで行く。

あたかも、そのとき、部長が戻って来た。

彼は自席に歩いて行くとき、ふと、順子の背中ごしに始末書に眼を落した。が、何も言わなかった。

金森は部長が来たので、さすがにその横着な格好を中止して、椅子を自分の席に運んだ。もっとも、いささかもあわてた様子もなく、わざとのろのろした動作だった。部長が入ってきたので狼狽《ろうばい》を見せては沽券《こけん》にかかわるとでもいったふうだった。

部長はひどく気むずかしい顔をしている。煙草を喫《す》って黙りつづけていた。

金森は金森で、机の前に大きく新聞をひろげて読んでいるが、その態度は部長に対する無言の抵抗のようでもあった。

こうして、部長と次長との無言の対立がつづいた。

「金森君」

部長は灰皿に煙草の灰を叩いて、何気ないふうに言った。

「君、始末書を書いてくれんか？」

また新しい波が部内に動いた。たった今、順子に始末書を命令した金森が、今度は部長にそれを書かされる立場になった。

金森は返事をしない。顎をのばして新聞に見入っていた。部長はそれをじりじりした顔つきで見ていたが、これも彼の出方を待っているようだった。

金森は、ようやく新聞を音立ててたたみ、それを机の端に押しやると、ゆっくりとピースの函《かん》を開けた。平然とした表情だが、動揺はその下に隠れようもなかった。彼は明らかに部員たちの眼の前で部長から侮辱を受けたと思っている。

「始末書ですか？」

はじめて彼はゆっくりと問い返した。この間、すべて金森の動作は悠長であった。

「そうだよ」

部長は気短かに答えた。

「書きましょう……君、植村君、始末書の用紙を出してくれ」

彼は大きな声を出し、椅子をがたんと引くと片脚を自分の膝の上に載せて組んだ。煙がしきりと天井に吹き上げられている。

植村が恐る恐るその始末書の用紙を金森の前に置いた。

金森は万年筆を出して屈み込み、頬杖《ほおづえ》を突いてしばらく用紙の各欄を眺めていたが、

「部長、どう言って書けばいいんですか？」

と、質問した。いかにもとぼけたようで、小馬鹿にした口吻《こうふん》だった。

「君、ありのままの事実を書けばいいんだよ」

部長は冷たく言い放った。

「そうですか、じゃ、そう書きます」

金森は、今度は当てつけがましくペンをさっさと走らせた。

一気にそれを書きこんだあと、金森は読み返しもせずに部長の前に捨てるように置いた。

部長は始末書を手に取って入念に見ていたが、

「金森君」

と、鋭く呼んだ。

「何ですか？」

「これには、君が当時外出中だったということは書いてないね。ただ部下の監督が足りなかったことだけが書いてある。始末書にはもっと具体的な事実が必要なんだよ」

「…………」

「次長である君が席にいなかったことが、いま局長室で問題になっているんだ。この文句では君の通りいっぺんの言い訳にすぎないじゃないか。……書き直したまえ」

「書く必要はないと思いますが」

金森は抵抗した。

「なに、必要がないというのはどういうことかね。部長のぼくが言っているんだよ。君は部長の言うことを諾《き》かれないのか？」

「…………」

「ぼくの言う通りに書きたまえ……当時、私は近所のマージャン屋に友人とマージャンをしに外出していたため、部下のミスに眼が届かなかったと、ね。……そんなふうに書いてくれ」

金森の口から、うっ、といった声が洩れた。彼の顔は真赧《まつか》になっていた。部員たちには、今にも金森が部長に殴りかかって行くかと思えた。

しかし、金森は万年筆をポケットに入れると、すっと立ち上がり、がたんと椅子を机の下に入れた。

「あとで書きますよ」

彼は捨台詞《すてぜりふ》を残して、足音荒く部屋を出て行った。

部長は金森が煽《あお》ったドアがまだ動いているのに向い、

「バカ野郎」

と、罵った。

自分の始末書を書き終った順子は、身が縮まる思いだった。

三沢順子は、五時すぎに新聞社を出た。

今日は給料日だった。だが、重大な失策を冒した日に給料をもらうのは憂鬱《ゆううつ》であった。殊に、それが部長と金森次長との諍《あらそ》いにまで発展したのだから心は暗かった。

あれから一時間して金森は部屋に戻って来て、しぶしぶながら部長の言う通りに始末書を書き、今日は気分が悪い、と言って帰って行った。

部長は、日ごろ腹に据えかねている金森がやっつけられたので、多少は溜《りゅう》飲《いん》を下げたようだった。が、彼自身にも屈託はある。この責任が編集局長の心証を悪くして、出世の道が一時ストップするのではないかと恐れているようであった。

そのせいかどうか、いつも席を空《あ》けてよその部を遊び回っている部長が、今日は神妙に最後まで自席に残っていた。横の金森の席が穴になっているだけに奇妙な現象だった。

順子は自分の書いた始末書を部長に出して鄭重《ていちょう》に詫びた。

部長はさすがに多くは言わずに、

「まあ、気をつけてくれよ」

軽く言ったが、眉間《みけん》の深い皺《しわ》は少しも浅くならなかった。

順子はやりきれなかった。自分を庇《かば》ってくれた河内三津子にゆっくり礼を言いたいのだが、今の気分では心の整理ができてなくて、かえって三津子に負担をかけそうだった。

こんなときは、誰かと会って気持を慰めたかった。映画を見ても、音楽を聞いても、これは癒《い》えそうにない。少しは愉しいかもしれないが、それらは彼女に話しかけてくる会話ではなかった。気持の紛れる言葉を直接に自分に投げかけてくれる相手が欲しかった。

こんなときは、友達の三原真佐子としゃべりたい。

三原真佐子は学校時代の同級生だが、その後の道は全く違ったものになっている。真佐子は家の事情もあってか学校を中退し、バーのホステスになっていた。華やかな顔なので、かなり客にもてはやされていたようだったが、二年前にナイト・クラブのホステスに替っている。

生活態度も性格も、まるきり順子とは違っていた。だが、異質の友達との接触がかえって気分を休ませ、愉しませる。順子はよく自分が鬱《ふさ》いだ気持になると真佐子のところに遊びに行っていた。

まるきり違った世界なので、真佐子の話は順子には驚くことが多かった。彼女は生活の変化に影響されて、昔の面影はなくなっているが、順子には親切だった。順子は自分と縁のないところで生活している真佐子が妙に新鮮であった。

真佐子は今のナイト・クラブでも相当売れっ子で、出勤時間も八時ごろから店に出て行くらしい。そのナイト・クラブも一流だった。彼女は品川の御殿山にある贅《ぜい》沢《たく》なマンションにひとりで住んでいた。

五時を過ぎると、有楽町の駅も各会社の退《ひ》け時でひどい混雑だ。順子がホームに出たとき、混雑の中から声をかけられた。振りむくと、整理部の木内が微笑して立っていた。木内は順子の出したS・フレッチャー氏の写真を受け取った男だ。

「あら」

順子は木内が今度のミス事件で共同の責任者だと思うと、この場合、とっさに身近に思えた。

「いま、お帰りですか？」

木内は、遠慮深く順子に訊いた。彼は小脇《こわき》に本屋の包み紙を抱えていた。

「今度のことは、あなたにご迷惑かけました」

木内は詫びた。

「いいえ、わたしこそ間違いをやって申し訳ございませんでした」

順子がおじぎすると、

「いや、それを確めなかったぼくが悪いのですよ」

と、木内は苦笑していた。

順子は、この木内も始末書を書かせられた組だと思うと気の毒になった。

「あなたも、この線ですか？」

木内は訊いた。

「いいえ。ちょっと友達のところに寄りますので」

「そうですか」

木内は躊躇《ちゆうちよ》していたが、

「あなたは、資料調査部の部長さんに叱られませんでしたか？」

と、心配そうに訊いた。

「ええ、そりゃ、やっぱりわたくしの責任ですから」

「そうですか。済みませんでした。ぼくが軽率にそのまま載っけたのがいけなかったんです」

「木内さんに謝まられると、わたし困りますわ」

「ぼくは給料袋をもらったが、今日ぐらい嫌な気分になったことはないのです」

順子は、彼もやはり同じ気持でいるのだと思った。

「それで、本屋に寄りましてね。二、三冊本を買って、今夜はこれでも読んでいようかと思ってるんです」

「何ですの、それ？」

順子は思わず微笑《ほほえ》んで包みを見た。

第二章　波　紋

1

順子は品川駅で下りて、タクシーを拾った。三原真佐子のマンションは、第一京浜から芝高輪《しばたかなわ》のほうに入った閑静な通りにある。

このマンションは最近建った鉄筋五階建で、流行のデラックスな設備を誇っていた。

真佐子の部屋は三階だった。順子は、コンクリートの階段を上りながら考えた。

——木内は書店から買ったリルケの詩集をホームで見せた。彼は今夜それを読んで憂鬱を紛らしたいという。木内は、この問題で編集局長が激怒しているから、整理部長と次長とは戒告処分になるかもしれないと洩《も》らしていた。

順子は、自分の軽率が、思わぬところまで迷惑の波紋をひろげているのに息が詰りそうだった。

(整理部長は理解のある人です。ぼくが謝りに行くと、なに、いいんだよ、たいしたことはないよ、と言って、かえって慰められました)

と、木内は言ったが、これは調査部長や金森次長とは大そうな違いだった。

(部長は整理部にくる前に、社会部長をしていたんです。社会部長時代はいつも辞表をポケットに入れていて、ミスで問題が起った場合、いつでも部下の責任を取る覚悟をしていたんだそうです。そんな部長を持っていると、ぼくらも働き甲斐《がい》があります……三沢さんとこの部長はどうですか?)

木内にそう訊《き》かれて、順子は返事に困った。

(わたしのほうの部長さんも立派な方ですわ)

と、答えたが、自分の中にそれが皮肉にひびいた。

(よかったですね。実は、あなたが部長さんにこっぴどく叱《しか》られたと思うと、全く申し訳ない気持でいたのです。それを聞いて安心しましたよ)

そのときの木内のほっとした表情が、まだ順子の眼に残っている。ホームの雑沓《ざっとう》の中だった。

しかし、木内の言葉でよけいに気分が暗くなったのは順子のほうだった。彼の言葉通り、もし整理部長が戒告処分を受けると、当然、調査部長も同じ目に遇《あ》うだろう。出世を心がけている部長にとって、これは手痛い事故に違いなかった。もしかすると、部長の目算通りには彼の出世エスカレーターは動かないかもしれない。あの場の部長の浮かぬ顔色といい、次長の金森に激しく当った言動といい、部長も戒告処分になることを予感していたのではあるまいか。

R新聞社では人事異動の辞令が出ると、各部にその写しが一斉に掲示される。「戒告」は「譴責《けんせき》」よりも重い処分だった。これは、はっきり責任をとらされる事実、そのことで出世の遅れた人の前例もあることだった。順子は、全社員がその処分発表のプリントの掲示板の前に集ってざわめいている場面を想像すると、胸がうずいた。——マンションの三階まで上がると、この辺一帯の景色が俯瞰《ふかん》された。夕闇《ゆうやみ》は大地から匍《は》い昇っていた。昏《く》れ残った空には淡い青色が澄み、その下の街には灯が入っていた。

順子は三号室のドアの前に立った。ノックに応《こた》えて樫《かし》の重々しいドアが内側から半分開いた。三原真佐子の顔がそこにあった。

「あら、しばらくね」

三原真佐子は大きな眼を細めた。

いつ来ても、このマンションの部屋は素晴しい。安アパートに見るようなせせこましさは少しもなかった。少し大げさに言うと、真佐子が金にあかして部屋を飾っているので、順子はまるで豪華なホテルの中に入って来たような錯覚を起す。

部屋は、調理場《キチン》、浴室《バス》をのぞいて三室に分れていた。順子のアパートは、バスもないし、炊事場は共同だった。

どこを向いても部屋が光り輝いている。真佐子のセンスで豪華な調度類をはじめ、すべての色彩が統一されていた。応接間と居間を兼ねた洋風の八畳くらいの間に順子は入って、気持のいいクッションに腰を沈めた。真佐子は勤めに出る支度もしていない。解いた髪が肩にかかっていた。

この部屋の隅に飾り棚があって、洋酒の瓶がバアのカウンターのように贅沢《ぜいたく》にならんでいた。

「どうしたの。急にやって来て?」

真佐子は向い側のクッションに身体《からだ》を斜めに投げて煙草《たばこ》を喫っていた。

「電話をしようと思ったけれど、留守ならそれでもいいと思って来てみたわ」

順子は微笑した。

「変な人ね。でも、ちょうどよかったわ。今日、お店に行くのを少し遅くしようと思っていたの。ゆっくりしていらっしゃい」

「忙しくないの？」

「そりゃ、忙しいわ。でも、普通に勤めていたら、とても身体がたまんないから、適当にしているの」

「結構なご身分ね」

「その代りあんたと違って男どものご機嫌とりに気苦労するわ」

——三原真佐子は、半年くらい前までは勤めているナイト・クラブに七時半までにはちゃんと出かけたものだった。それが今では「自由出勤」となっている。気儘《きまま》に店に出ても叱言《こごと》を言われない身分は、百人以上いるホステスの中で数人しかいないということだった。売れっ子だけがその特権に与《あず》かっている。

真佐子は月の収入平均二百万円くらいになっていた。最高に忙しいときで三百万円近くになるときもあるという。順子からみると、夢のような生活だった。

真佐子は、学校時代から派手な顔だちだったが、今はそれに磨きがかかって、順子でも彼女の化粧顔を見た瞬間は眼が醒《さ》めるような思いになることがある。

「今日なにか特別な用事？」

真佐子は化粧前の顔で訊いた。化粧を落していると、さすがに皮膚の疲れが見えた。

「ううん。何となく、あなたとおしゃべりしたくなったのよ」

「へえ、また何かあったのね？」

真佐子は、その大きな眼をすぼめて遠くを眺めるように順子を見た。

「ううん、ちょっとね……社で憂鬱なことがあったから」

順子は微《かす》かに笑って言った。

「そう。いやなことはじっと胸に持ってるもんじゃないわ。わたしとおしゃべりすることで直るのだったら、ゆっくりして行ってちょうだい」

「ありがとう。だから勝手に押しかけてきたのよ」

「実は、わたしも昨夜ちょっといやなことがあったの。それがまだ消えないので、あんたがきてくれて恰度《ちょうど》よかったわ」

「へえ、あなたでもそんなことがあるの？」

「始終よ」

「お店のこと？」

「お店は自分の職場だから、男の客に少々不愉快なことを言われたりされたりしても、お仕事だと思って我慢してるわ。そりゃもう永年の習練だから何ともないわ」

「じゃ、お友達のこと？」

「それはもう免疫になってるの。そんなことじゃなくて、やっぱりお店にくるお客さまなの」

「どうかしたの？」

「どこかの会社の専務ということだけどね。あのクラブには社長や専務なんかはザラにくるから、それも普通だわ。でもその人は専務といっても、オヤジさんが社長のおかげで専務になったの。本人はまだ三十二、三くらいだわ。半年くらい前から通いつづけてきてるけど、くるたびにわたしを口説《くど》いてるの」

「奥さまはあるの？」

「もちろん、おありよ。でも、そんなことは平気。みんないい加減なことばかり言ってるから、相手にはしていないの。ところが、その専務って奴《やつ》が前にきて、自分は素晴しいレコードをコレクションしている。それをあなたに聞かしてやると言ったの。その中に、かねて聞きたいと思っていたテバルディの『アイーダ』全曲があるの。わたし、それが聞きたくてしょうがなかったから、ぜひ聞かしてちょうだいと言ったら、君のマンションにはステレオがあるかいと訊くのよ。うっかりそれくらいはあるわといったら、じゃ、マンションに持って行って聞かせてやろうと言ったの」

「そんなこと、よくあることでしょ？」

「そりゃ分ってるけれど、わたしはそのレコードが聞きたくて仕方がなかったから、弱かったのね。その代り条件をつけたの。きてもいいけれど、ほかの女の子と一緒にきてちょうだいって。そしたら、その場でテーブルについていた映子というホステスと一緒にくるって言って約束したから安心したの。昨夜のことだわ。で、その人、後生大事に、そのレコードをバッグに入れてお店に持ってきたわ。それで、三人でこのマンションにきたけれど、女の子も一緒に入ってきたから、わたし、安心していたわ。そしたら、その女の子、黙って出て行ったじゃないの。わたしは気がつかなかったから、ステレオにレコードをかける準備などしていると、それっきり女の子帰ってこなかったわ。うかつな話だけど、遅まきながらハハンと思ったわ」

「それからどうしたの？」

「それからお定まりのことよ。ほら、この部屋の向うにわたしのベッドがあるでしょ。その専務、今日は少し酔っ払ったとか、疲れたとか言って、ここに横にさせてくれと言ったの。そして、承諾もしないのに、勝手に寝室に入ってベッドの上にごろりと仰向けになったの。わたし、この野郎と思ったわ」

「………」

「帰って下さいと言ったの。そしたら、はじめは、いいじゃないかとか、分ってるだろうとか言って、財布から金など見せびらかすようにしたから、よけいにわたしがかっとなったの。それで、この部屋を出て行くように命令したけれど、そんなことで聞くような相手じゃないわ。ぐずぐず言って、まだベッドにしがみついてるの。だから、こんな腐ったレコードなど聞きたくない、さっさと持って帰んなさい、もし五分以内に帰らなかったら、このレコードを窓から下に投げ落すから、そのつもりでいらっしゃいと言って、わたし、ほんとにレコードを持って窓際に立ったわ」

「へえ。それからどうなったの？」

「そしたら、よっぽどそのレコードが惜しかったとみえ、泡を食って起き上がり、おい、ムチャをするなとか何とか言って、結局、それを元のバッグに大事そうに仕舞ったわ。それから、おぼえておけ、とか何とか口汚なく罵《ののし》るので、こちらも売言葉に買言葉だわ、さんざん毒づいてやったの。その男、わたしがあんまり大きな声を出すので、仕方なしに出て行ったわ。……それが不愉快で、それからドアの鍵を締めて、お酒を飲んでぐっすりと寝込んでしまったの。でも、昨夜のその男のことを思うと、まだ胸がむかむかするわ」

「…………」

順子には想像のできないことだった。相槌《あいづち》も打てない。自分の世界と違って、この友達は大へんな所に働いていると思った。

「いろいろ居るわね」

彼女は言った。

「名前を言うと、あなたもあっと愕《おどろ》くような大会社の社長が世話をしたいとか、パトロンになりたいとか言ってるわ。そうかと思うと、顔に自信を持ってるあるプロ野球の選手が、わたしを呼んだかと思うと、あまり口も利かないでじっとわたしを見つめているの。ホールで踊りもしないのよ。つまり、そういうみつめ方で、わたしがほかの女の子のように参るとでも思ったのね。そりゃいろいろ面白いくらい居るわ」

三原真佐子は指の間に煙草を挿《はさ》んで笑っていたが、

「どう、少しお酒飲まない？」

と、すすめた。

「駄目だわ、わたし」

「あなたは昔から話せない女の子だったわね。じゃ、わたしが勝手に飲むわ。……

次はあなたの番よ。今日のあんたのくさくさを全部わたしに話したらどう？　胸がすっとするわよ」

順子は、今日のことを三原真佐子に話した。うち明けてみると、真佐子が言う通り、胸の中を塞《ふさ》いでいた重いガスが逃げたように軽くなった。

「なんだ、そんなことなの」

真佐子は笑った。

「へいちゃらじゃないの。だって人間ですもの、誰だってミスはあるわ。あなたは上の人が責任を取らされるのを心配してるようだけれど、そりゃ当然だわ。そのために責任者はあなたより高い給料を貰《もら》ってるじゃないの」

「そりゃそうだけど」

「それに、話を聞いてみると、あなただけの責任ではなさそうね。その写真をうかつに載せたほうも載せたほうだわ」

順子は眼に木内の顔が映った。有楽町のホームで、給料から詩集を買ってきたと言う彼の姿だった。今ごろは彼も、そのやり切れない気分を詩集でこっそりと紛らわしているにちがいなかった。

「ねえ、順子さん。あなたがどうしても新聞社に勤めるのがいやになったり、それから、まさかそんなことはないだろうけど、そのミスで居づらくなって辞めなきゃならない状態になったら、わたしの所に遊んでいたらどう？ あなた一人くらい二、三年は養えるわ」

真佐子は遠慮のない冗談を言ったが、しかし、その底に直情的な友情があった。

「そのときはお世話になるわ」

順子も冗談めかして答えた。

「ええ、いつでもいいわ。……あなたがただわたしの所に居候になるのがつらかったら、遊ぶ気持で一緒にお店に出てもいいじゃないの」

「………」

現実的な話ではないので順子も黙っていたが、それだけは自分にはとても勤まりそうになかった。

「わたしが、できるだけカバーするわ……。今ごろは、わたし、大体二百万円以上にはなってるの。あなたはナイト・クラブのホステスを不潔に思うかもしれないけれど、わたしみたいにパトロンもスポンサーも断っている女の子だっているわよ。それがちゃんとお客さまに分っていると、不思議なもので、かえって清潔的な好意を持たれるの。もっとも、この清潔といっても紙一重のことだから油断はならないけれどね。でも、九時からしゃなりしゃなりと出て行って十二時半まで勤めて、日に七、八万円になるというのはありがたいことだわ」

「どうしてそんなになるのかしら？」

「指名料とか歩合とかいうようなことよりも、お客さまから貰うチップが相当なものよ。このごろは外国からバイヤーなどくるでしょ。日本の貿易商だって結構景気がいいわ。そういう人たちが一万円札を手に握らしたりするのはザラよ」

順子は溜息《ためいき》をついた。彼女の給料は月十九万円だった。そのうちから税金とか積立とかいろいろ引かれるので、いつも手取りは十五万円くらいにしかならなかった。

「わたしは今のうちにうんとお金を溜《た》めるの」

真佐子は言った。

「友達の中にはバーなどのお店を出すのが願望の人もいるけど、わたしそんなことしたくないわ。せっかく溜めたお金を、そんな商売で雲散霧消したくないの」

「結婚しないの？」

「考えてないわね。わたしだけじゃないわ。ああいう所の女の子、大体不幸な結婚して別れた境遇の人が多いでしょ。だから、そんな憧《あこが》れはないわね。それに、お店はまあ一流のほうだから、費用の点で若い人は来ないし、みんな年寄でしょ。だんだんに結婚の希望がうすれてきてるわ」

「ときには猛烈に、そういう結婚を申し込まれることもあるでしょ？」

「そうね。でも、みんな眉唾《まゆつば》ものよ。そうそう」

真佐子は面白いことに気づいたように話した。

「そういえば、猛烈な求愛者が一人いるわ。その人、奥さんも子供もあるの。でも、わたしが承諾すれば、すぐにでも離婚すると言ってるわ」

真佐子は、自分で注《つ》いできたブランディを唇に湿した。

「その人、家が金持なので、自分はフランス文学をやって、いまある大学の教授になってるわ、年は若いけれど。……ときどき雑誌などに寄稿してるから、名前もある程度売れてるの。その人ったら車を持ってるものだから、毎晩遅くこのマンションの前まできて、クラクションを三十分ばかり鳴らしつづけるの。そうすると、わたしが部屋から出てくるぐらいに思ってるのね。近所の手前みっともなくて仕方がないわ。でも、一度も出たことがないの。その人、おかしいわ。フランス仕込みだから、とても慇懃《いんぎん》なんだけど、それだけあちら流に図太い心臓を持ってるわ。……まあ、わたしに結婚を申し込む人は、そんな半端《はんぱ》ものばかりね」

このとき、ドアに秘《かす》かなノックの音が聞こえた。

三原真佐子はドアの方に起って行った。彼女の姿勢にはひとり暮しの女の身構えがあった。

2

順子は、真佐子の生活から考えて、男の訪問客だったらすぐに帰るつもりでいた。真佐子を訪ねてくる男客に自分の顔を見られるのもいやだった。

真佐子は、ドアを細く開いて外をのぞいたが、

「あら、いらっしゃい」

と、明るい声をあげた。

「構わないのよ。友達が来てるだけだから」

開かれたドアから、白っぽい着物をきた女が手に菓子の包みを持って入ってきた。その派手な束髪や、その着物の着こなしなどからみて、真佐子と同じ世界の女だと分る。面長の、きれいな顔だが、まぶたの上にうすいアイシャドウを塗り、眼尻《めじり》には眦《まなじり》を吊《つ》り上げたように墨が入っていた。

「涼子さん」

真佐子はこの客に紹介した。

「わたしの友達で順子さんというの。学校が一緒だったけれど、こちらは堅気で、いま、ある新聞社に勤めているわ」

「そう」

客は順子に職業的な嬌態《しな》をこぼした。

「涼子さんといってね」

今度は真佐子は順子に顔をむけた。

「わたしが前のお店にいたときの先輩なの。今はバーのマダムに出世してるわ」

「どうぞよろしく」

涼子のほうから挨拶《あいさつ》した。

「出世なんて嘘《うそ》ですよ。小さな店を持って四苦八苦してるんですの。真佐子のほうがずっと結構なご身分ですわ」

順子は、どう挨拶していいか分らなかった。こういう世界の人たちには自分の言葉が一致しない。

「おふたりとも気のおけないわたしの友達同士だから、どうぞ遠慮しないで頂きたいわ」

真佐子が主人ぶってコーヒーを沸かしている間、客のバーのマダムはハンドバッグをあけて、煙草を抜いた。

「新聞社のお勤めはいかがですか」

対手《あいて》は、馴《な》れた口もとで烟《けむり》を吐いた。

「ええ」

順子が曖昧《あいまい》に口ごもっていると、

「店のお客さまにも新聞社の方がいらっしゃるけど、みんな気さくでいい方ばかりです。面白くて、口が悪くて、お人好しで……女の方の新聞社勤めというのはハリがあるでしょうね？」

感想を求められたが、順子はどう言っていいか分らない。対手の店に新聞社の連中が行っているとなると、よけいうかつにはものが言えなかった。

適当な返事をしておくと、マダムは眼を大仰に開いて感心したようにうなずいた。ちょっとした対手の言葉でも反応を強く見せるのは、やはり職業の習慣から来ているのである。

「新聞社には、女性の方は多いんですか？」

「いいえ、ほんの少しだけですわ」

「そいじゃ、あなたのようにきれいだと、男性の社員から騒がれるでしょうね？」

「とんでもありませんわ」

順子は、初対面からアケスケに訊いてくる涼子に気圧《けお》されていた。普通の会話と、やはり調子が違っている。

「うちに見える新聞社の方は、わりと年配の方が多いんですの」

涼子は言った。

「若い方は、そういう先輩に伴《つ》れられてお見えになります。給料が少ないから、とてもこんな所にはこられないと、冗談を言ってらっしゃるけれど、やっぱり、なんでしょうね、待遇の点も若い方はそれほどでもないんでしょうね？」

なんだか遠回しに意味を持っているような質問だった。

「そりゃ偉い方に比べてずっと隔りがありますわ」

「そうでしょうね」

涼子はやはり口をすぼめて煙草を吹いている。

「失礼ですけれど、いま、どちらにお住まいですか？」

順子がそれに答えると、涼子はいちいちうなずき、そこにはご両親もご一緒ですか、とか、ご兄弟は、とか、いろいろと訊《たず》ねてきた。世間話にしてはやはり無遠慮なものである。しかし、対手は、その職業柄、そういう私的な立ち入り方が親愛の表現のように思っているのかもしれぬ。順子はそうとった。

「何をぼそぼそ聞いてるの？」

真佐子がコーヒーを運んできた。

「この人ね、すぐに戸籍調べのようなことを訊きたがる癖があるから、順子さん、そのつもりでいい加減に言っておくのよ」

「ひどいことを言うわね。そんなつもりじゃないわ」

涼子は見上げた。

「あんたの癖なのね」

真佐子は茶碗《ちゃわん》を配った。

「そうでもないわ。好きになれそうな人だと、つい、その人の環境を知りたくなるの。そしたら、もっとはっきりと、その方のイメージが取れるでしょ」

「眉唾もんだわ」

「え、なに？」

「聞えなかったら、それでいいわ。さあ、召し上がれ」

涼子は一口すすって、

「いい茶碗ね」

と、コーヒーよりもそっちを眺めて賞めた。

「真佐子の所にくると、気分までゆったりとするわ。こんないい部屋、一度は自分のものにしてみたいわ」

「あなたがその心がけだったら、いつでも出来るはずだわ。わたしはあなたと違って煩《うるさ》い男関係がないからね。自分のお金で自由に何でも出来るわ」

真佐子は涼子の真向いに腰かけて脚を組んだ。

「真佐子、もうそろそろお店に行く時間でしょ？」

涼子は袖口《そでぐち》をめくって腕時計を見た。

「そうね……」

「残念だわ」

「何か告白でもするの？ だったら、店には電話でそう言って、少しぐらい遅くなってもいいわ」

「そう、ありがとう」

涼子は、ちらりと視線を横の順子に向けた。順子は帰るつもりになっていた。

「あら、いいのよ」

真佐子は、目ざとくその様子を見てひきとめた。

「このひとはね、わたしと一緒に働いていたころから何んでも相談し合える仲になっているの。順子も、わたしと前からのお友達だから一緒に聞いていていいわ」

「そうね」

涼子は引き取って笑った。

「こんな変った世界も聞いて頂いたほうがあなたのご参考になるかもしれないわ」

涼子が自嘲《じちょう》的に言った。

「でも……」

順子がためらうと、

「いいのよ」

と、真佐子は押しつけた。

「この人の話ったら、大抵分っているの。いま、好きな人がいるのだけど、その彼と別れようかどうしようか、という相談なのよ」

「別れる決心になったわ」

涼子は真佐子に向って言い出した。

「いろいろ考えたけど、結局、そのほうがいいと思ったわ。あの人は、やっぱり奥さんに返すわ」

順子が聞いていておどろいたのは、それが、実に日常的な調子で話されているのである。

「やっぱり、駄目？」

真佐子は笑っていた。

「駄目だわ。これまで何度かわたしのほうから別れ話を持ち出したんだけど、そのつど彼が泣いたり喚《わめ》いたりして懇願するもんだから、わたしもずるずる曳《ひ》きずられてきたの。でも、その間に彼は一方ではちゃんと奥さんとも連絡を取っていたのよ。陰でこそこそ、そんな狡《ずる》いことをしていたのはわたしにうすうすは分っていたけれど、まあ、相手の立場もあると思って、我慢してきたの」

順子は中座する機会を失った。いますぐ、さよならを言うのも不自然な立場である。彼女は眼を伏せていた。

しかし、涼子も真佐子も、その会話で順子を無視していた。

「結局、もう見込みがないと分ったの」

涼子はつづけた。

「このままだと、わたしのほうが利用されてる形になるばかりだわ。今まであの人にどれだけお金をあげたかしれないわ。でも、それはいいの。あの人だけがわたしの貢いだお金を使うんだったら、何も言わないわ。好きで同棲《どうせい》したんだから、そのくらいのことは覚悟していたの……。でも、わたしから持ち出す金がみんな奥さんのほうに行っているとなると、わたしには我慢ができないわ」

「それ、前からなの？」

「半年ぐらいになるわ。はじめは大したこともないし、それに彼も遠慮してこそこそしていたから、わたしも見て見ぬふりをしていたの。そしたら、最近は度胸をすえてわたしの宝石や指輪などを持ち出すじゃないの。仕事のほうがうまくいかないから、資金の足しにするという口実だけど、それがみんな奥さんのほうに行っているのよ」

真佐子は、ここではじめて唇をゆがめた。

「へええ」

「だから、もう別れるわ。きたない言葉で罵《ののし》り合わない前にね。そのほうがいいと思うんだけど。あんた、どう思う？」

「どう、思うって、あんたがそのつもりならそうしたほうがいいじゃないの。そんなことをここに相談にくるのは、まだ、あんたが彼に未練があるからよ」

「未練はないつもりだけど。……いえ、本当だわ。もうこりごりだわ」

「口ではそう言っているけれど、あんたの性格は、よく知っているからね。別れるために、その手続きをわたしに相談に来るなら話は分るわ。でも、今さらあんたの気持を相談されても言いようがないわ」

「真佐子。あんたが彼と別れたほうがいいと言ったら、その決心になるつもりなのよ」

「あんたって馬鹿《ばか》なのね。前の彼と別れるときも、さんざんひどい目に遭って、また今度もそうでしょう。前のときは、相手にドスや硫酸の瓶を振り回されて逃げ回っていたじゃないの。やっと勿体《もったい》ないくらいのお金でカタをつけたと思ったら、今度はまたこんな体《てい》たらくだから呆《あき》れるわ」

「わたしって、そういう人が眼の前に現れると、要心しながらも、結局は一生懸命に尽くす性質《たち》なのね」

「いい気なもんだわ。それだから、いつまで経《た》ってもお金は溜《たま》らないのよ。お店が儲《もう》からない、儲からないとこぼすわけよ。当分、男は縁切りにしてお金を溜めることだけに没頭しなさいよ」

「そうね。真佐子のところにくると、いつもそう考えるわ」

「じゃ、はっきり言うわ。今まで取られた分は仕方がないから諦《あきら》めて、さっさと別れてしまいなさい。それでも相手がぐずぐず言うようだったら、今度はわたしが間に入ってもいいわ。何んだったら、向うの奥さんにも話をするわ」

「そう、そうしてくれる？」

涼子は溜息をついた。

「やっぱり真佐子でないと、わたし、駄目ね。……あんたは、あの店にくる政治家なんかと付き合ってるから、だんだんに向上してるのね」

「バカね、それは反対よ。政治家のお客をもつようになってから、阿呆《あほう》になったかもしれないわ」

涼子が帰るのを真佐子はドアまで見送って順子の傍に戻った。

「あんた、横で聞いていてびっくりしたでしょ」

真佐子は言った。

「ずいぶん不潔な女のように映るでしょうけれど、あの人、根はほんとに女らしい女なのよ。……自分の前に現れる男性に精いっぱい尽す性質《たち》なの」

「そう。わたしには、よく分らないわ」

「そうかもしれないわね。でも、彼女は一面商売ずくで割り切ったところもあるけれど、せっかく、そうして溜《た》めた金をみんな男に使われてしまうの」

「……………」

「今のお店を持つときも、ちゃんとしたパトロンがいたんだけれど、この人は商売のほうが没落して彼女から手を引いてしまったのよ。そのときも彼女は歎《なげ》いて相手の男と心中までしかねない純情さだったわ。年齢《とし》はずいぶん違っていたけれど……その次に現れたのがさっきちょっと話に出た男で、これが悪い奴だったわ。はじめはとても親切にしてくれたので、彼女もつい情にほだされて言いなりになったけれど、それが向うの手だったのね。彼女は、その男と別れるとき、ずいぶんひどい目に遭ったのよ」

「どういう仕事の人だったの？」

「言ってみれば、まあ、何でも屋のブローカーといったところね。土地周旋もするし、手形の世話もするといった奴だったけど、いい加減な会社の名前をつけた社長ということになっていたの。景気のいい間は、まあ、何とか保てていたの。それがいけなくなると、今度は本性を現して彼女を搾《しぼ》る一方になったの。わたしが間に入って、やっとカタを付けてあげたけれど、そのときは彼女も、もう金輪際《こんりんざい》男など相手にしない、と誓ってたわ。それが半年も経たないうちに、また今の男とそんなふうになったの。あとはあんたが聞いた通りよ」

順子は、自分の年齢とそれほど違わないのに、真佐子も涼子も十年も二十年も人生経験を積んだ女のように見えた。

「どう、こんな話を聞いてると、あなたの憂鬱も消えたでしょ。職場のいざこざなんて大したことではないと思わない?」

たしかにそれはあった。ここには歪《ゆが》んだ形だが、女の人生上の問題があった。職場でのミスは、それから比べるとひどく小さく感じられた。

「わたしも帰るわ」

いくらか気持が軽くなって順子は起ち上がった。

「待って。いま何時?」

「八時だわ」

「じゃ、そろそろわたしも出かけるとするわ。支度をする間待ってね」

その支度には三十分はたっぷりとかかった。順子は退屈紛れに、この贅沢な部屋の中を歩いた。

「冷蔵庫をあけてごらん。好きなものを食べててよ」

その冷蔵庫は、独り暮しにはもったいないくらい大きかった。開けてみると、果物にしても、缶詰にしても、レストランのようにいっぱい詰っている。真佐子の不思議な生活だった。

独りで居るから、生活だけは精いっぱい潤沢にしたい、というのが彼女の言葉だった。侘《わび》しさに負けたくない、という主張である。今の間にお金をうんと溜めるのがわたしの生活信条だともはっきり宣言していた。

「あら、何も食べなかったの？」

店に出かける支度になった真佐子は言った。その服装も順子などには足もとにも寄れないくらい豊かで、洗練されていた。

ただ、順子を先に廊下に出してドアの鍵《かぎ》を外からかけるときの真佐子に、ちらりと独身の侘しさみたいなものがこぼれていた。

「今の涼子はね」

二人揃《そろ》って階段を降りながら真佐子は話した。

「帰りがけに、あなたが店に来てもらえないかと、わたしに打診してたわ」

「まあ」

道理で、いろいろなことを聞かれたと思った。

「新聞社の待遇を訊いていたのも、それとなしに自分の店にくればもっと金になるという下心だったのよ」

「………」

「ねえ、変でしょ。あんなめそめそした話をするくせに、ちょっときれいな女の子を見ると、自分のところに置きたがるの。そこのところが商売根性ね。つまり、ああいう女には二つの気持がいつも同居してるんだわ。割り切ったつもりで商売をしながら女というものがいつも出ているし、わたしの前に女をさらけ出していながら商売から離れられない。……そういう習性がいつの間にか出来上がってるのね」

順子には、考えられないことだった。新聞社などに勤めている自分の理解を超えている。

マンションの前は広い通りになっている。付近には大きな住宅が多かった。

「この辺はタクシーがこないから、表までぶらぶら歩きましょう」

広い邸宅の黒い樹木越しに夜空がオーロラのように白くなっていた。賑《にぎ》やかな街の灯が地上から光を空に半円形に投げていた。

このとき、うしろからヘッドライトの強い光が近づいてきた。と、思うと、大型の外車が二人の横にぴたりと停った。

「真佐子さんじゃないか？」

窓から中年過ぎの男が顔をのぞかせた。暗くて順子には分らなかったが、

「あら」

真佐子はすぐに立ち停った。

「今から出勤ですか？」

「ええ」

「よかったら、店まで送りますよ」

「そう、ありがたいわ。……ねえ、順子。あんたも便利な所まで送ってもらわない？」

順子が真佐子に引っぱられるようにして車のドアの前にすすんだとき、呼吸《いき》が止まりそうだった。

淡いルームランプに編集局長の顔が浮び出ている！

3

順子は自分の社の編集局長の顔を見て息が詰りそうだったが、先方はまだ彼女が

誰であるかに気がついていない。

「順子、遠慮しないで、いい所まで送ってもらいなさいよ」

三原真佐子がさっさと編集局長の横に入り込んだ。順子はそのあとに従わないで、車を回って運転手の横の助手席に入った。

「あら、そんなところに坐《すわ》らなくても、十分ここに余裕があるわ」

真佐子が横に一緒に乗るように誘ったが、順子は局長に背中をみせたほうがずっと気が休まった。

「ここで結構だわ」

順子は小さな声で言った。

「そこに乗ることはありませんよ。こっちにいらっしゃい」

順子に呼びかける局長の声がすぐ背中から響いた。彼女は黙って頭を下げたままそこにすくんだ。

車は走り出した。

「今から店にお出かけとはいいご身分ですね？」

編集局長は優しい声で真佐子に言っていた。

「ええ、今日はこの友達がきたので、つい話し込んで遅れましたの」

真佐子は明るい調子で答えていた。

「前からの友人ですか？」

局長が訊いた。

「学校友達なんです」

「それはいいですな。しかし、そういう自由があるのは、やっぱり、あなたがあの店の売れっ子だからでしょうな？」

「そんなことはありませんわ。今ごろ、のこのこと行くと、ママに叱られるでしょう。でも、やっぱり友達と話しているほうが愉《たの》しかったんです」

「そりゃ、そうでしょうね」

編集局長は意外なくらい丁寧な言葉つきで真佐子に言っていた。

局長は川北良策という名前である。非常に仕事のできる人で、編集局内の各部長から川北局長は惧《おそ》れられていた。顔も広く、政界や財界の有力な筋に交友関係があった。社の外からも、これまでの編集局長とは段違いに大型だという評判をとっている。

順子は、いつもこの局長の堂々とした威風を遠くから眺めていた。部課長などは、まるで独裁者が入って来たように川北局長にはびくびくしていた。もとより、順子のような若い女子社員には雲の上の人物である。

先ほどこの川北局長の顔を見たとき、順子の心臓は高鳴ったが、相手が彼女に気がつかないのは、暗い夜のせいだけでなく、隔絶した階級の差が、局長に順子の顔を憶《おぼ》えさせていないのである。川北局長の眼からすると、順子などは問題にもならない「社の女の子」である。

局長に背中を向け助手席に坐っていた順子も、最初の動揺から少しずつ落ち着いてきていた。ただ、真佐子が局長に余計なことをしゃべらなければいいがという心配と、局長が自社の社員とは知らず、順子のことを真佐子に訊く惧《おそ》れのあることだった。

順子は祈りたいような気持だったが、その懸念は、後ろの二人の会話の調子ではひと先《ま》ず、難を脱れていた。

「江藤さんは、お店にときどき現れますか？」

局長は全く順子には係りのないことを真佐子に訊いていた。

「ええ、ときどき……三日前でしたかしら、お店にいらっしゃいましたわ」

真佐子の口の利き方のほうが、いくらかぞんざいであった。日ごろの川北局長の威厳からみて、この会話を聞いている順子にはちょっと奇妙だった。

「ああ、そうですか。やっぱり他《ほか》の方を伴《つ》れて？」

「ええ、石川さんと田山さんなどご一緒でしたわ。どこかの会のお帰りとみえて、赤坂のきれいどころを二、三人お供につけていらっしゃいましたわ」

「ああ、そう……その芸者衆というのは、一人は顎《あご》のしゃくれたような人ではなかったですか？」

「ええ、そんな感じの女《ひと》でしたわ」

「それなら、あすこの席だったんだな」

局長の呟《つぶや》きはひとりで合点している響きがあった。

「川北さんは、江藤さんとはずいぶんお親しそうですわね？」

真佐子が友達のように局長に訊いていた。

「何かと、お世話になっていますよ。いや、これは、社の仕事のほうでお近づきを願わなくてはなりませんからね」

「江藤さんは、いつか川北さんのことをほめていらっしゃいましたわ……あら、こんなことをうっかりおしゃべりして悪かったわ」

「ほう、江藤さんはどう言われたのです？」

局長は奇妙なほど熱心にそれを聞きたがった。

「でも、お店で聞いたお話は、一切どなたにもお話しないことが、わたしたちのエチケットになっていますわ」

真佐子の声には、いくらか相手を焦《じ》らすようなところがあった。

「それはそうでしょう。それでなくてはいけませんな」

局長は、一応ゆったりと言ったが、

「しかし、自分のことだと聞きたいもんですね。真佐子さん、ちょっぴりでいいですから、江藤さんがぼくのことをどう言われたか話してくれませんか。いや、詳しく聞かなくともいいですよ」

「川北さんでも、そんなことをお気になさいますか？」

「どうもね、そこが凡人ですよ」

「じゃ、ちょっぴり……江藤さんはこうおっしゃったんです。R新聞の川北さんはなかなか優秀な人だ。今どき、どこの新聞社でもああいう見所のある編集局長はいない。まあ、A新聞の尾形さん以来だろうな。……そう言ってらしたんですよ」

尾形というのは、新聞社の編集局長出身で、後に保守党の総裁になったりして、大臣にも二、三度なった大物である。

「ほう、それは恐縮ですな」

局長の声の調子には、無邪気な喜びがあった。

「で、そのときの話し相手は？」

「あら、全部おしゃべりしなければいけませんの？」

「そこまで伺《うかが》ったんだから、それは人情としてね」

「企業団体連盟の大林さんでしたわ」

「えっ、大林さんが？　ほう、……なるほど」

局長は感に堪えないような声を出した。

「わたし、ここで結構ですわ」

順子は国電の駅が見えたので、運転手に停車を頼んだ。

車を降りた順子は、なるべく灯を背中にして、窓の真佐子にちょっと降りるように手で合図した。

真佐子がドアをあけるのを見届けて、順子ははなれたところに彼女を誘うように歩いた。

「何んなの？」

真佐子は横に並んで訊いた。

「わたし困ったわ。びっくりしたの。あの方、わたしの勤めてる社の編集局長よ」

「知ってるわ、それくらいのこと」

真佐子は微笑してうなずいた。

「あら、知ってたの。意地悪ね。だったら、あのとき、わたしを無理にあの車に乗せないで歩かせてくれたほうが、よっぽど気が楽だったわ」

「そんなこと、ちっとも遠慮ないじゃないの。そのぶんだけ便利のいい所に来たんですもの」

「ねえ真佐子さん、局長にはわたしが社に勤めてることなど言わないで下さいね。今のところ、局長はわたしのことに気がついていないらしいから、あとで訊かれても黙っていていただきたいの」

「安心しなさいよ。それくらいのことは心得ているわ。ああいう店で働いているおかげで、わたしも人間関係の機微は分っているつもりだわ」

真佐子は、ここでも順子よりはるかに大人であった。

「どうもありがとう。……お願いはそれだけだわ」

「そう。じゃ、またね」

真佐子は、待っている車に颯爽《さっそう》として歩き寄っていた。順子は、いつもだったら立って見送るところだが、今度だけはうしろも見ないで小走りに歩いた。いい加減な所でそっと振り返ってみると、その車はおびただしいほかの車の群れの中に消えていた。

——社では剛腹に振る舞っている川北局長が、真佐子にはどうしてあんなに遠慮めいた口を利いているのだろうか。

電車に乗ってから順子に起った軽い疑問だった。

普通、客とナイト・クラブのホステスの間だから、もっと客のほうが女性に横柄に振る舞っていいわけである。実際、順子も助手席に坐ったとき、うしろで交される二人の会話がそんな性質のものだと想像していた。いや、もっと彼女を困らせるような話が局長の口から出るものと思っていた。それが実際はこうだったのである。

どういうわけだろうか。

すると、局長が真佐子に「江藤さんは店にときどき現れますか？」と訊いた言葉を思い出した。

江藤精一といえば政界の大物で、保守党の実力者の一方の総帥《そうすい》だった。大臣の経歴もあるし、さほど遠くない将来には、自身で内閣を組織する可能性を言われている人物だった。順子自身がその顔写真を整理部の要求で度々渡しているし、何かと記事には江藤精一の動静が伝えられている。

その江藤のことを真佐子は何気なく口先の話題にしているのだ。どうやら江藤は、そのナイト・クラブに来て真佐子をご贔屓《ひいき》にしているようであった。

そのナイト・クラブは東京で一流だから、客筋も一流の人たちが来るにちがいなかった。企業団体連盟の大林という名前が出た通り、経済界の大物も遊びに来ているらしい。川北局長は、そういう交際関係で江藤と一緒に真佐子のナイト・クラブに来たことがあるのであろう。彼が真佐子を知っているのはそのためだし、江藤の名前が二人の話に出てくるのはその理由からにちがいない。

順子はとても近寄りがたい川北局長と、まるで友達か何かのように気楽に話している真佐子が、ここでもずっとかけ離れた存在に見えた。もちろん、それは職業的な関係からだとは思うが、それでも、有名人や一流人と知り合っている真佐子が、信じられぬくらい大きな成長を遂げているように思えた。

たった二人になると、友達としての他愛のない話に興じている真佐子が、ここではまるで別人のようになっている。順子は、自分の職場……それも新聞雑誌などから切り抜きをしてべたべたとスクラップを作っている仕事が、ひどく貧しく卑小に見えてきた。

といって自分には、たとえ真佐子の立場になったとしても、とても彼女のような才能も素質もない。学校を出てからの環境の相違がそこまで二人を引き離しているのである。

学校時代の真佐子は、とても今の彼女を予想させるような学生ではなかった。それほど成績がいいわけではなく、ぱっとした才能の閃《ひらめ》きがあるでもなかった。顔はきれいだったが、それは現在の彼女から見るとはるかに平凡だったのだ。

順子は何となく溜息をついた。

真佐子の立場が羨《うらやま》しいとも嫉《ねたま》しいとも思わないが、自分の働いている職業的な狭さが今ほど分ったことはなかった。一枚の資料を間違えて出したことすら、職場では大騒ぎになっている。そのために、社員の中から怪我人が出るかもしれない現在なのである。

真佐子のほうは、もっと高く広い所で存分に自由な空気を吸っているようにみえた。

4

それから五日経った。

昼過ぎに順子が仕事をしていると、珍しく席にいた末広部長が編集局長付の秘書に呼ばれた。

「何んだい？　またお目玉かい？」

末広は、みなの手前、呼びに来た秘書の女に軽口を言っていたが、その面上には不安の色が隠せなかった。

その姿がドアに消えたとき、部長との喧嘩《けんか》以来、ずっと自席を離れなくなった金森謙吉が、

「ふん」

と、鼻を鳴らし、部長を嘲《あざけ》った。

この前の騒動から、部長と金森とは顔を見合わせても一言も口を利かなかった。金森は朝の挨拶に黙ってうなずくように頭を下げるだけだし、部長はそれを無視している。もとより、部の問題に対して部長は金森に相談することもなかった。何かの用事があれば、それは金森を飛び越えて、ずっと若い田村に言いつけていた。

この二人の冷たい対立は、陽当りの悪いこの部内の空気をさらに陰湿にさせていた。

部員はみんなしゅんとなって仕事をしていた。笑い声も冗談も湧《わ》かなかった。

しかし、部長と金森次長とが席を外したあとは、部員たちは顔を見合わせて急におしゃべりになる。氷に閉ざされたように身動きならなかったものが、急に解放されて両人の陰口になるのだった。部下たちは第三者的な眼で二人を批評していた。誰《だれ》もが部長にも次長にも同情していない。

順子は、こういう空気にしたのも自分のせいだと思うと、また気持が鬱《ふさ》いだ。

河内三津子は二人きりのときには、

「あんたのせいではないのよ。ほかのことでも何かのきっかけがあれば、いつかはこんな状態になっていることは分りきっているわ」

と、宥《なだ》めてくれるが、そのきっかけが自分の責任だというところに順子のやりきれなさがあった。――

部長が局長に呼び出されたあとに残った金森も、表情こそは平然としているが、これも動揺が隠しきれないでいる。この前のミスについての処分がまだ決定していないので、彼としても落ち着かないのだ。部長が局長に呼ばれたのは、その処分決定の言い渡しだと直感したらしく、椅子に坐ったまま凝然と窓の空を見ていた。

ほかの者も同じ感じで黙って仕事はしているものの、部長が部屋に帰ってくるのを胸をときめかして待っていた。

編集局長は峻厳《しゅんげん》をもって鳴る人物だ。順子は、この前真佐子と一緒に乗った川北局長の話声や態度を思い出す。そこには社内を威圧している局長はなく、ナイト・クラブの女にかなり遠慮して話している川北良策がいるだけだった。

順子がそんなことを考えながら鋏を動かしていると、ドアがあいて部長が戻ってきた。

部屋の中は一瞬見えない緊張が起ったが、黙って椅子に着いた部長はひどく元気がなく、引出しをあけて煙草を口にくわえた。顔色もよくない。苦りきった表情だった。

しばらく部長は何も言わなかったが、

「おい、金森君」

と、呼んだ。

「何んですか？」

金森は反抗的に首をあげたが、部長はそっぽを向いて、

「局長が呼んでるよ」

と、吐き棄《す》てるように言った。が、いつものような鋭さはなかった。金森は椅子をけたたましく音立てて引くと、すっくと、起ち上がった。

彼は大股《おおまた》でドアに歩き、ばたんとそれを閉めた。

しかし、末広部長は、そのうしろに眼を向けようともしなかった。この前、席を蹴《け》立《た》てて出て行った金森のうしろにバカ野郎と叫んだあの元気もなかった。部長は椅子に身体《からだ》を凭《よ》りかけたまま、何かを考えているように眼をつむっていた。煙草の烟《けむり》だけが機械的に彼の口から吐き出されている。

電話が鳴った。ときがときだけにみんなの注意がそれに向いたが、部長も眼を開いて神経質にちらりと視線を投げた。

電話器を取ったのは河内三津子で、

「はいはい、こちらは調査部です。……あら、あんただったの。なアに？　そう……あの生地はね、デパートで買ったわ。五階の隅に行けば、まだ残ってるかもしれないわ。……今日の帰り？　そうね、一緒について行ってあげてもいいわ。え、五時？　ええ、いいわ。どこで待つの？……」

そんなのんびりとした声が、この場の緊張感をかえって盛り上げた。

金森は遂に席に帰ってこなかった。

その日の夕方、社内の掲示板の前は、大げさに言うと、社員たちで黒山のようになっていた。辞令のプリントが貼《は》り出されたばかりだった。

「譴責　資料調査部長末広善太郎
戒告　資料調査部次長金森謙吉」

つづいての辞令は、末広調査部長が事業部付（部長待遇）となり、金森次長が世論調査室付（次長待遇）となって、大きく左遷されていた。

順子は、その掲示板を社員たちのうしろからのぞいて、身体《からだ》がふるえるような思いだった。

部長の末広は事業部付となり、次長の金森は世論調査室付と左遷された。さらに整理部の部長もやはり譴責を受けている。しかし、彼には配置転換はなかった。ただ、当日の次長が整理部から校閲部に転じ、部員の木内一夫が同じく戒告となって地方版整理係に回されていた。

編集局長の川北良策は、日ごろから「規律の厳正」を唱えていた。これは前任者がかなりゆったりとした人物で、その茫洋《ぼうよう》とした風格から、とかく編集局内の空気がだれ気味となっているので、それを引き緊《し》めるのが目的らしい。

しかし、その裏には、前編集局長と川北との対立がある。

川北局長が現在の位置に就《つ》いてから、まだ三月《みつき》ぐらいしか経っていなかった。その前は政治部長だった。

新しい局長は、とかく前局長の方針を踏襲することを好まない。だから、早晩「川北人事」というものが行われるであろうことは予想されていた。その時期は、局長が仕事に馴れてきはじめた四か月後ぐらいと予想されていたのだが、今度の処分がそのさきがけだとも思える。

もっとも、これは必ずしも川北局長の布石の象徴ではない。ただ、写真一枚の間違いでも、これぐらい厳正な処分をするという局長の示威の意味が強い。

順子は、人のうしろからそっと離れた。

自分一人の間違いでこれほどの大怪我人が出たのである。彼女としてもじっとしていられなかった。

この辞令は六月三日付である。四日後の発令だった。

——資料調査部長から事業部付となった末広善太郎は、意気銷沈《しようちん》しているにちがいない。彼は、さきほど局長室から呼ばれて戻ったときも、窓の外をぼんやり眺めて気が抜けたようになっていたが、自分でもまさかこれほど手厳しい処分を受けるとは思ってもいなかったのだろう。事業部付の部長待遇といっても、そっちには、むろん、歴《れつき》とした部長がちゃんといる。部長待遇の部付というのはほとんど仕事がないと同様である。

出世街道の途中にある末広にとっては、これは手痛い支障だった。少なくとも彼の復活には二年くらいかかるかもしれない。自分自身の手落ではなく、部下のミスの責を負ったという点で情状が酌量されるから、彼がこのまま沈むとは考えられない。また彼の性格として社内の重要なところに運動するだろうから、いずれは陽の目を見るわけだが、それでも一、二年間の停滞は彼にとって打撃なのだ。

金森次長の場合は、それがさらに酷《ひど》い。世論調査室という部署自体が、どちらかというとこの新聞社内では陽の当らない場所だった。なんといっても新聞社の主流は、政治部、経済部、社会部、整理部といったような、その日のニュースとナマに取り組む部署である。ここには予算も潤沢に与えられている。早い話が、外に出るのも彼らは社旗をなびかせた車を乗り回すが、他の多くの部では電車かバスである。

むろん、校閲部、資料調査部、世論調査室といったところは新聞社にとって大切だが、やはり縁の下の力持ち的存在だ。殊にこのR新聞社の世論調査室は、各部の次長クラスで行どまりになった連中の吹き溜《だま》りである。いうなれば、あまり有能でない者がそこに流される傾向にあった。

事実、その世論調査室は、校閲部の傍らに窓から遠いうす暗い場所を与えられて、机が四、五脚並べられてあるだけだった。すっかり覇気《はき》を失った中年以上の年配者が、もそもそとアンケートの葉書を整理したり、その集計をしたり、各官庁、民間団体発行の統計表をいじったりしている。

金森の場合は室付だから、次長待遇といっても、これまた何の仕事も与えられない。新聞記者にとって（一般サラリーマンもそうだが）仕事を持たせられないことが最も苦痛であった。仕事をしないで月給だけ貰えるということはありがたいように思えるかしれないが、毎日職場にやって来て遊んでいるのは、生殺しで飼われているような状態に似ている。

だから金森の場合、日ごろの成績も勘案されてこの処分になったとすれば、末広部長ほどの希望はないわけである。いつか金森は、そのうす暗い部屋の一隅にぶらしながら年を老い、砂を嚙《か》むような味気ない停年を迎えるにちがいなかった。

もう一つ、順子が苦しいのは、整理部の木内一夫が地方版整理係に回されたことだった。

仕事の上で甲乙をつけたり、価値判断をするのは間違いかもしれないが、本紙の整理部と地方版整理係とは、その仕事の張りの上で相当の開きがある。なんといっても本紙は社の表看板であり、本道だが、地方版は、その本紙の裏に一ページだけスペースを与えられているおまけのような存在だった。

どこの新聞社も都内版を持ち、近県のための県版を持っている。しかし、このページを見ても分るように、その県下に起った重大なニュースはみんな本紙面で収録されている。県版に残されているのは小粒ダネばかりだった。警察署、県庁、市役所、各種団体から取材したローカル記事になっている。

地方版整理係は、そうした各地の支局や通信員から寄せられた原稿を整理編集するのだが、小さなところは、畜産関係の牛のコンクールがあったり、野菜の出来がよかったとか悪かったとか、小学校が一つ建ったとか、消防署長の表彰式があったとか、地方文化の集りがあったとか、そんなことばかりであった。これでは整理するほうに張り合いがない。

木内一夫は腐っているにちがいない、と順子は思った。この前、有楽町駅のホームで遇ったときは、詩集を買っていたが、今度はどのような手段で自らを慰めるだろうか。

順子は、これほどの処分者を出した自分がまだ何の処分も受けていないのを心苦しく思った。一つは彼女が一年そこその新米社員だということもあろうが、女子社員は、いわば「補助的な存在」として処分の対象にならなかったのかと思った。とかく女性を半人前としか見ていないこの社の不合理性をこの面からも感じた。

だが、それでいいわけではない。彼女は、自分から進んで辞表を書くことを考えた。

順子は、このまま資料調査部にすぐには帰れない気持になっていた。自分ながら昂奮《こうふん》していると分ったので、部の人にも気づかれそうだった。もう少し冷静になって帰りたい。

順子は、エレベーターには乗らず、三階から階段で玄関に降りた。すでに処分の発表は編集局内だけでなく、印刷局、業務局などにも一斉にされている。編集局内ほどには関心が無いにしても、どこの部局でも興味をもってその発表が見られたにちがいなかった。

今まで気がつかなかった者も、この発表で不審を起し、わざわざその理由を編集局の者に訊きにきているくらいだ。

順子は、多勢の社員が乗るエレベーターなどにはとても一緒に乗れなかった。が、階段を降りても、途中ですれ違う知らない社員がみんな彼女の顔をのぞいているような気がした。

辞表は家に帰って書き、明日の朝持ってくるつもりだった。とても職場では書けない。今日一日だけはさりげない態度でいようと思った。責任者が全部処分されているのに、いわば「元凶」である彼女が無疵《むきず》でいるのは、たとえどんな理由があるにしても非難されるだろう。

いや、それよりも、彼女自身の気持がゆるさなかった。これがもっと明るい処分だったら、あるいは自分から辞めるという気持にならなかったかもしれない。

だが、いま、辞めたあとはどうなるか。——

順子にはいま十万円の蓄えも無かった。新聞社は一流社だが、入社してやっと一年過ぎた女子社員のサラリーは知れたものだった。彼女は卒業間際に、この新聞社だけを目当てにして受験したのだ。ほかの会社に今から入るにしても、さし当って手蔓《てづる》は無いし、また、いつ、それが実現するか分らなかった。

玄関の受付の前を行ったり戻ったりして、しばらく自分の胸を静めにかかった。この無意味な動作が、受付に坐っている林田さんというきれいな女の人に不思議な眼つきで見られた。林田さんは順子より五つぐらい年上である。

また階段に戻った。一段ずつ丁寧に脚を運んだ。気のせいか、上から降りてくる人がやはり彼女をみつめているように思える。

時間をかけて三階に上がり、廊下に出た。一方へ行けば、例の掲示板が貼《は》り出してある所で、まだかなりの人がそこに立っていた。順子は、そこを避けて一方の廊下へ歩いた。調査部に帰るには大回りだが、こっちのほうが人が少ない。

だが、少し歩いて彼女は後悔した。このほうの廊下に人がいないはずだった。そこは論説委員室、編集局長室、主幹室などといったお偉方の部屋がつづいているのだ。だから、俗にこの廊下を「雲上ロード」と社員たちが呼んでいた。

雲の上の人たちが歩く専用廊下という意味で、「シルクロード」をもじったものだった。

順子は、そこだけを小走りに歩いた。主幹室の前を通り抜けさえすれば、あとは役員の会議室や、総務部などになって、ようやく調査部のほうに近づけるのだ。

すると、やっと論説委員室の前を過ぎたところに、突然、向う側のドアが扇のように開いて人が廊下に出てきた。

順子は心臓が止まりそうだった。それこそいちばん怖れている当の人物だったのだ。川北編集局長のずんぐりとした体軀《たいく》が真正面だった。この人の部屋の前を急いで過ぎようとしたくらいだから、当人にばったり出遇っては息も止まりそうだった。

順子は眼を伏せ、歩きながら軽く頭を下げた。

「やあ」

編集局長は短く会釈を返した。順子が思わず眼をあげたのは、短いが、その会釈を予期しなかったからである。

川北局長は、どこの誰から挨拶されても、大抵無言で軽くうなずく程度だった。傲慢不遜《ごうまんふそん》な態度という感じよりも、貫禄というものを感じさせた。それに、今までついぞ局長が声を出して応えたことがない。これが順子に不用意にも眼をあげさせたのだった。

順子は、川北局長の眼が自分の顔に瞬間だが注がれているのに、また、はっとなった。夢中で顔を伏せると、大急ぎで廊下を逃げるように行った。

胸がまだどきどきしていた。

これも日ごろの局長には無かったことだ。相手から挨拶されても、あんまり視線を投げ返さないのが川北の社内における特徴だった。誰に遇おうと、誰からお辞儀をされようと、はじめから決めたように彼はその眼の位置を変えなかった。殊に女子社員などは「女の子」としてほとんど無視していた。

それが、今の態度である。

順子は、もしかすると、川北局長がこの間の夜三原真佐子と車に乗り合わせたとき、順子自身を知っていたのではないかと思った。だから、あんな眼つきをしたのではないか。日ごろに無いことで短い会釈の声もそのせいではなかろうか。

順子は、しばらく心臓の動悸《どうき》が止まなかった。局長が社の女の子と知っていて、真佐子の前でわざと順子に知らぬ顔をしていたように思えるのだ。

しかし、そんなことはないと、彼女はすぐに否定した。

そうではなく、やっぱりこの間は分らなかったのだ。局長のあのときの態度は、全く知らない女に初めて遇ったような印象だった。たとえば、真佐子のような職業の女と近づきになっていることを、わが社の女子社員に見られたという不体裁のとりつくろいだったら、あれほど自然な振舞ができるわけはない。そこまでの演技は局長に無かったように思う。

では、さっきの局長の眼はどう解釈したらいいか。あれは意識してじっとこちらを見ていた眼だ。……つまり、局長は順子を見て、どこかで遇ったような女だな、というような不審が瞬間に出たのではないか。おかしいな、というような気持からこちらが見られていたように思う。

順子は、調査部に戻るまで気がそぞろだった。

調査部では、四、五人の部員たちが何か話し合っていたが、彼女の姿を見て急に話を止めた。河内三津子までが隣の田村と話していたのを止めて、切り抜きの外国紙の上に眼を落したのである。

順子は、末広部長も金森次長も居ないのを知った。そこだけはぽつんと穴があいたようになっている。だが、その白々とした空席には険悪な空気が澱《よど》んでいるようにみえた。

順子は、あの二人が今どうしているか、大体、想像がついた。金森次長は、編集局長に呼ばれて処分の辞令を受けると、やけ糞《くそ》半分にそのまま部屋には戻らず、どこかに遊びに行ったか、自宅に帰ったかしたにちがいない。いや、自宅に帰ることはなかろう。昼間からパチンコ屋に遊び、夜は呑《の》み屋に行き、遅く帰宅するにちがいなかった。

一方の末広部長は、これまた腐ってはいるだろうが、利口な彼のことだから、へらへらと笑いながら、

(いや、やられましたよ)

と頭を掻《か》いて、親しい部長連のところに腰を据えているかもしれなかった。そこにこの部長の政治性がある。つまり、これは自分の直接の失策ではなく、部下の責任を取ったまでで、いわば不運な処分をうけたと宣伝したいにちがいなかった。あるいは彼は、他の部長連に、

(運が悪かったんだよ。なに、あれは形式的な処分だからね、案外、君は近いうち

に、もっといいポストに返り咲くか分らないよ)

と慰められるのを期待して出ているのかもしれなかった。

順子は今日は早く帰るつもりになっていた。とてもこのままの状態では定時まで残っていられない。

部長も次長も居ないので、順子は結局河内三津子にそれを言った。理由は気分が悪いということにした。

手早く机の上を片付け、みなに、お先に、と挨拶して廊下に出ると、河内三津子が縮れ毛の頭を振ってうしろから追いついた。

「三沢さん、あんたの気持、分るわ」

三津子は彼女の肩に手を置き、抱くようにして人の居ない湯呑場《ゆのみば》の中に連れこんだ。そこは三坪ばかりの広さで、社員に配るお茶を庶務のおばさんが沸かすことになっている。ガスレンジの上に、うすい埃《ほこり》をかぶった大きな湯沸かしが冷たく載っていた。

「今度のことで、あんた、ショックを受けたんでしょう」

三津子は先輩ぶって慰めた。

「分るわ。あんたの気持分るけれど、変な気持を起しちゃ駄目よ。大体、あんなミスぐらい誰だってするわ。ただ、問題は、編集局長の処分が厳しすぎたということね。でも、あんたは入社してあんまり年月が経っていないし、処分からははずされているわ」

「でも、それじゃ、わたし、気が済まないの。こんなにご迷惑をかけて」

順子は、自分が泣き出すのではないかと思ったが、案外、しっかりした声になっていた。

「それは分るけど、そんなことであんたが必要以上に責任を負うことはないわ。ほんとを言うと、部の者はみんな喜んでいるの。部長だってあんないやな奴でしょ。金森さんに至っては、あのルーズな態度がみんな腹に据えかねていたの。でも、あの人は軍隊で言う古年次兵みたいに社歴は古いし、みんなからは大先輩だし、いやいやながら調子を合わせていたの。これですっきりしたわ。いってみれば、あんたのおかげよ。あんたが幸運なミスをしなかったら、わたしたち、あの二人のためにいつまでいやな職場に縛りつけられていたか分らないわ」

「…………」

「ねえ、今日は早退《はやび》けして帰ってもいいけれど、明日はまた元気な顔を見せてね。決して変な気持を起すんじゃないのよ。みんなあんたに感謝してるんだから、大きな顔で出勤してきてちょうだい」

第三章　辞　表

1

三沢順子は憂鬱《ゆううつ》な気持で新聞社を出た。

河内三津子がどのように慰めようと、心は少しも晴れなかった。たしかに三津子の言う通り、今度のことで末広部長と金森次長とが部から消えたのは部の空気を明るくしたとはいえる。その点でみなが喜んでいるのは分るのだ。しかし、それは順子のミスから起った懲罰的異動で、部の人間の喜びとは別問題なのである。

（わたし、いつも社に出る前は憂鬱になるの。あの二人がいなかったら、どんなに職場が明るくなるかしれないし、いっそのこと二人とも死んでしまえばいいと思うことがあるわ。いま、あんたのおかげで、やっと、その希望が遂げられたの。わた

しだけでなく、部員のみんなが同じ気持と思うわ。これで明日から弾んだ気持で出勤できるわ）

三津子はそう言ったが、たとえ、それが実感だとしても、順子の心は拭《ぬぐ》い切れなかった。

これは資料調査部だけの問題ではない。整理部にも怪我人が出ている。殊に写真を受け取った木内一夫は地方版整理係に回されてしまった。

地方版整理係というのは、本紙の整理部からみると張り合いのない仕事で、俗に社内では「スタンプ」と呼ばれている。各地の通信部から送られてきたゴミ記事の原稿に、県版の名前のついたゴム印をべたべたと捺《お》すからだった。つまり、それだけ認められない仕事となっている。

この前の木内の様子からみて、今度の正式発令をみて彼はまた腐っているにちがいない。

考えこんで歩いていると、うしろから彼女を呼ぶ声が聞えた。

振り返ると、受付にいる林田さんがにこにこして近づいて来ていた。

「いま、お帰り？」

きれいな林田さんは訊《き》いた。五つ年上で、この社では四年の先輩だった。日ごろはお辞儀をする程度であまりものを言ったことがないのに、今日は先方から話しかけてくる。

「どう、お茶でも喫《の》まない？」

林田さんは誘った。そんな気持にはなれなかったが、せっかくの誘いだし、断るのも悪いと思って、駅の近くの喫茶店に入った。それで気分が一時的にでも和めばいいと思ったからである。

「何か面白いことない？」

林田さんは面長な顔を微笑させていた。

「別に」

と言うと、林田さんは社内の当り障りのない面白い噂《うわさ》を話した。受付にいるだけに、その辺は詳しいようだった。

すると、林田さんも今度の変事を知っているのだ。知っていてお茶を誘ったのは、それとなく彼女を慰めているようにも思えた。職場こそ違え、同性という点で好意を持ってくれているのだ。

「勤めていると、いろいろなことがあるわ。ほんとに辞めてしまいたいことだって何度もあったわよ。でも、だんだん馴《な》れっこになってゆくというのか、すれてくるというのか、少々のヘマをしても何とも感じなくなったわ。周りがみんなそうなのね。その感化かもしれないわ。わたしなどは辞めてしまっても、今さらほうぼうに履歴書を持って就職を頼みに行くのも億劫《おっくう》だし、といって、お金になるからってキャバレーやバーのホステスになる気もしないし、何となく一日をうつらうつらしてるわ。そのほうが結局無事かもしれないわね。やっぱり大きな機構にいるおかげだわ」

林田さんの言い方には、やはり順子を慰めようとするところがある。

もっとも、林田さんは河内三津子と大の仲よしだから、あるいは事情を聞いて慰め役に一役買ってるのかもしれない。

そう思って、お茶を喫み終ったころ、

「あなたも憂鬱そうな顔をしてるけど、少し気晴らしに演劇でも観たらどう？」

と、すすめた。

「演劇？」

「実は、新劇の切符を五枚ばかり押しつけられて困ってるの。三枚、やっと捌《は》けたけどね、あと二枚、どうしても駄目なの。あなた、よかったら、誰《だれ》かを誘って行かない？」

ちゃっかりしたところを見せた。

順子も新劇にまるきり興味が無いでもない。しかし、今の場合、とてもそんなところをのぞきに行く気持にはなれなかった。しかし、林田さんが切符を売りつける目的はどうであれ、とにかく彼女の好意は感じられるのだ。

二枚買っても仕方がなかったが、明日、部の誰かにでも上げるつもりで千円札を四枚出した。

「ありがとう。助かったわ」

林田さんはひとりで浮き浮きしている。

「わたし、これからちょっと約束のところがあるから、悪いけれど、先に行くわ」

林田さんは、それがせめてものサービスと心得てか、伝票をひとりで握って、

「じゃ、元気を出してね。どんなことがあっても頑張るのよ」

と、激励の言葉を残して、さっさとレジに歩いた。

順子も一緒に出るつもりだったが、林田さんがあんまり急ぐので、何となく取り残された格好で残りの紅茶を啜《すす》っていると、軽く背中を誰かにふれられた。

眼をあげると、木内一夫がまるめた新聞を手に持って立っていた。

「あら」

当の木内が眼の前に現れたので順子もおどろいた。

「失礼……。さっきからぼくはここに居たんですが、林田さんが居たので、ちょっと遠慮していたんです。ここに腰を下ろしていいですか？」

「ええ、どうぞ」

失礼、と言って坐った木内の顔は順子が想像したよりも明るかった。

木内はボーイを呼び、改めてコーヒーを注文した。順子にも注文品を訊き、フルーツを持ってこさせた。

二人はしばらくバツの悪い格好で沈黙していた。両方とも今日発表になった処分のことが胸に黒い塊のようになっている。

「とうとう、やられましたよ」

木内は胡魔化《ごまか》すより、結局、単刀直入に出たほうがいいと判断したか、笑いながらそんな言い方をした。

「本当にすみません」

順子は頭を下げた。

「いや、とんでもない。ぼくはそんなつもりで、言ったんじゃないんです。あなたも今日発表になった辞令をご覧になったと思い、言葉に出しただけです。どうせ、こんなことを回避していても仕方がありませんからね」

「………」

「しかし、これでぼくも落ち着きましたよ。あの局長だからどんな処分をされるかと思って、毎日、いやな気分で送っているよりも、ずっと、さっぱりしました」

「………」

順子は返事ができなかった。そこに、左遷された者の哀《かな》しみが逆の形で出ているように思えた。

「あなたは」

と、木内も順子の表情が気になるらしく、

「いつまでもくよくよすることはありませんよ。前にも言ったように、結局、これは整理部の問題ですからね。そこで資料を検討しなかったということがいちばんいけなかったんです。それに、あんな間違いぐらい、誰だってやりかねませんよ。S・フレッチャーなんて、名前もよく知られていない男では、常識の問題外ですよ」

木内は明るい声で話した。

「ただ、ぼくは部長以下が譴責《けんせき》に会ったことだけには恐縮しているんです。ぼくのスタンプ行きは平気ですが、これだけが、心苦しかったですね。……しかし、やりますな、今度の局長は。噂には聞いていたが、あれほど手厳《てきび》しいとは思いませんでした。そうそうあなたのほうが殊に厳《きつ》いようですね」

木内は、末広部長や金森次長とのことを言っていた。

「ええ、本当に申し訳ないと思います」

順子としては、それよりほか言うことはなかった。

「しかし、聞くところによると、あの処分は今度の問題だけじゃなく、日ごろからの責任も問われているようですね」

木内は、編集局内の内密な噂を聞いているようだった。社内の風聞は伝わりようが早い。調査部長が絶えず政治的に歩き回って落ち着いていないこと、次長の金森が怠け者で、競馬、競輪に凝り、ほとんど席にいたためしがないことなど、今度の処分をきっかけとして噂を広げたに違いなかった。

「だから、局長の意志としては、今度のミスの責任を問うたということより、それをきっかけにして日ごろの勤評に基いて、断を下したというところじゃないですかね。そのことは編集部内でみんなが言っています。つまり、あなたはひとりで自分の責任のように思っているかもしれないが、今度の処分には、そういう含みが多分にあるんですよ。普通なら、いくら川北局長でも、今度のような些細《ささい》な手落ちぐらい見逃すはずですからね」

「………」

「してみると、いよいよあなたにはそれほどの責任はないわけです。誰もがそう言っているから、そう気にかけることはありませんよ」

ここでも順子は、三津子と同じような言葉で慰められている。木内は彼自身が当事者だけに、彼女への同情がもっと強い。順子が社内の人に顔をじろじろ見られるのを辛《つら》がっていることさえ察しているようだった。コーヒーとフルーツが終ると、

「ぼつぼつ、帰りましょうか？」

と、木内が起ち上がった。

二人がならんで有楽町駅前に近付いたとき、

「どうも、こんな気持でひとりで帰りたくないですな。と言って、行くところもなし、どうにもなりませんね」

と、木内がつぶやいた。

順子には木内の気持が分らないでもない。この人は、自分のように辞職する決心になるまで追い詰められていないのである。しかし、この左遷に諦《あきら》めた今は、彼

の身体《からだ》の中には寒い風が吹いているに違いなかった。木内が独り暮しのアパートに真直ぐに帰れない気持はよく想像できるのだ。

順子は、たった今林田さんから買った新劇の切符を思い出した。どうせ、部の誰かに上げるつもりだったので、木内に出すことを考えた。

「木内さんは新劇がお嫌いですか？」

「新劇ですか。芝居なら何でも結構ですな」

木内は喜んで言った。

「じゃ、ここにたった今戴《いただ》いた券がございますの。よかったら、今日が初日らしいから行って下さいません？」

順子は、二枚のうち一枚だけを出した。

「いいんですか？」

木内は券を眺めている。

「ああ、これは、この前新聞に稽古《けいこ》の批評が出ていたやつですね」

「そうらしいんです。新劇の好きな方からすすめられましたの」

まさか林田さんから売りつけられたとは言えなかった。

「あなたは行かないんですか？」

木内は順子の顔を眺めている。

「わたしは行きたくないんですの」

「そうですか」

木内の顔にありありと失望が現れた。彼は順子が一緒に行くと思い込んでいたのだ。

「残念ですな」

木内は実際に残念そうな顔をした。その表情は、うっかりこんな切符を貰《もら》うのではなかったと言いたそうだった。しかし、彼は、彼女が行かないからといって今さら中止のできない立場になっていた。

木内がその劇を観るなら、順子とはここで別な方向に分れることになる。

「では、愉《たの》しく観てらっしゃい」

という順子の言葉に、木内はまだ立ち去りもしないで彼女を見送っていた。


順子は、その晩、辞表を書いた。理由は「家事の都合により」とした。

書き上げてみて溜息《ためいき》が出た。こんなに早く新聞社を辞めるとは思わなかった。入社したときは、それでも現代的な職業に就《つ》いた喜びがあった。その夢は、職場に働いての現実にだいぶん色褪《いろあ》せてきたが、それでも新聞社が嫌になったのではなかった。入社試験がむずかしいこの新聞社で、女子社員として採られたのは順子のほかに二人あるきりだった。

卒業した皆から羨《うらやま》しがられたものだった。人生には、どんな躓《つまず》きの小石が転がっているか分らない。今度は新聞社だけで済んだが、もっと自分の人生を決定するような石が前途にあるような気がして不安だった。殊《わず》に社を辞めてしまえば、さし当っての収入が無い。一年ちょっとだから退職金も僅かだし、給料自体が安かったのである。

これからどうしてやって行くか。順子は三原真佐子の職業を思い出したが、いくら金が取れても、とてもあの世界に入って行く気分にはなれなかった。ただ、真佐子に何となく頼りたくなったのは、彼女が案外に顔の広いことだった。この前、局長と狎《な》れ狎れしく話をしていたように、その仕事柄、相当広い層の上層部の人を知っている。

(あのひとに相談したら、どこかに入れてくれるかもしれない)

甘えた気持だが、周囲が壁に閉ざされている今、彼女よりほかに頼るアテはなかった。

朝、新聞社に出たが、なんと重い気持だろう。今の瞬間から、一年以上住んで自分の気持に密着しかけた社のあらゆる仕事が急に他人めいて映ってきた。今日限りにこの組織から弾《はじ》き出されるのだ。そういう自分の惨めさと、周囲への違和感とが犇々《ひしひし》と迫ってきた。

河内三津子の顔さえ遠い人に見えてきたから奇妙だった。

「元気に出て来たのね」

三津子は順子をまた慰めた。

「わたし、昨日の様子では、あんたが今日から休むような気がして心配でならなかったの」

順子は、河内三津子だけには本当のことを打ち明けるつもりにしていた。しかし、今日は仕事が物凄《ものすご》くこんでいて、三津子も、彼女も、それに追われ通しだった。自分のことで三津子を外に誘って話を切り出すのは気がひけた。

その上、今日も部長と次長が来ていない。一体、この懐ろに持った辞表は誰に出すべきか。田村や、植村、吉岡は平部員だから、いくら以前から居たといっても彼らに託すのは筋違いだった。

部長の上は編集局長だが、むろん部長を通り越して上に持って行くわけにはいかない。また辞令によると末広部長の後任は校閲部長が襲うことになっているが、発令は六月三日付で、まだ三日も間があった。要するに彼女の辞表は宙に迷っているかたちだった。

順子は、辞表の性質上、末広部長が在任中に渡したかった。彼女は部長の現れるのを待っていた。が、彼は容易に姿を見せなかった。

順子は昼になって食堂に行った。ここの食事もあと数日で来れなくなると思うと、給仕をしてくれる女の人さえ懐しくなった。

その帰りだった。順子が調査部に戻るため廊下を歩いていると、向うから肥った川北局長がこっちに歩いて来たではないか。順子は、息がつまった。避けようもない廊下だし、この前と違って辞表を持っているだけに彼女はよけいに緊張感を覚えた。

川北局長は、順子が思わず下げたお辞儀に軽く応《こた》えたが、今度は、はっきりと順子を知っているという眼付きだった。たしかに局長は順子を知っている。

そう思ったとき、順子は自分でも思いがけない行動に出た。辞表を入れた封筒《ふうとう》は自分のスーツのポケットにあった。彼女は、とっさに行き過ぎた局長のあとから声をかけた。

「局長さん」

二、三歩行き過ぎた川北局長が立ち停って振り返った。怪訝《けげん》そうな眼と、順子を記憶している眼とがそこに混合して現れていた。

「あの……」

順子は握った二つ折の封筒を局長の前に両手で差し出した。

「今、わたしのほうの部長さんも、次長さんもいらっしゃらないのです。どうぞ、これをお受け取り下さい」

あとになって自分が何をしたか、どう言ったのか、よく憶《おぼ》えていないくらいだった。とにかく無我夢中だったのだ。

頭の中が異様な熱を持ったようでどのようにして局長の前から走って戻ったかも無意識のうちだった。

椅子に坐ってからも仕事が手につかなかった。動悸《どうき》がいつまでも止まない。時間が経《た》つにつれて少しは落ち着きがでてきたが、今度はそうなると自分の突飛な行動が思い出されて、また身体中が火のようになった。

とにかく辞表を出したのだ。しかも、局長に直々の提出である。部長がいないので、総務部からでも何か言ってくるかしれない、と思う。それで終りだった。

三時ごろであった。ドアを開けて局長室の秘書が入って来て順子にささやいた。

「三沢さんですね。局長さんがお呼びですから局長室に来て下さい」

仕事をしていた部の者が一斉に顔を上げた。

2

三沢順子は局長室のほうへ、「雲上ロード」をどきどきする胸を押えながら脚を運ばせた。

局長があの辞表を見て呼びつけたのは分りきっている。ただ、何を言われるのか分らない。さまざまな想像が沸く。

まずいちばん考えられるのは局長の慰留だった。もし、彼女の辞表を局長がそのまま受け取るのだったら、別に呼びつけることはなさそうである。今度の新任部長か、総務部長あたりに回せばよいのだ。あるいは直接「直訴《じきそ》」のかたちで辞表を渡した失礼を怒っているのだろうか。峻厳《しゅんげん》な局長のことだ、規律を建前に、

(こういうものを出したかったら、ちゃんと部長に渡しなさい)

と、突き戻すだろうか。

それとも辞表の理由にかこつけて資料調査部の内情でも探ろうというのか。

順子はその部屋の前を二、三度往き来してためらった後さまざまな局長の言葉を予想しながら、荘重なドアをノックした。

中から返事があった。局長付の女の子がドアをあけてくれた。

局長は大きな机の前で書きものをしていたが、すぐに顔をあげて、やあ、という表情を作った。

「こっちへどうぞ」

局長は椅子《いす》から起《た》ち上がり、少し離れたところに並べてある椅子の一つを指した。まん中にテーブルがあり、真白いカバーをかけたクッションが五、六脚並べてある。来客用兼会議用の場所だ。

「まあ、おかけなさい」

順子は局長に言われて椅子の一つにかけたが、働いている職場の固い椅子とはまるで違った感触だ。

「君、紅茶でも持ってきてくれ」

局長はふっくらした顔に、いつも客に見せる馴《な》れた愛嬌を泛《うか》べていた。

「どうだね、忙しいかね？」

局長は女の子の耳を憚《はば》かって、紅茶が出るまでそんなことを言ったりした。順子は、はいとか、いいえとか返事をした。川北局長が順子を見る眼は完全に、あの晩のことを知っている表情だった。紅茶が運ばれると、局長は、

「君、ちょっと総務部に行っていてくれないか」

と、女の子を追い出した。

「この前は妙なところで遇《あ》ったね」

女の子が出てすぐに、局長のよそ行きの顔はくだけたものになり、眼は急に親密さを顕《あらわ》した。

「はい、わたくしも愕《おどろ》きました」

順子はうつむいて答えた。

「なんだ、知っていたのか?」

局長は大きな声で笑った。

「まさか君が真佐子さんと学校時代の同級生だったとは思わなかったな。世の中は狭いもんだね」

局長は、ときどき真佐子の勤めているナイト・クラブに客の接待で行くことがあると、磊落《らいらく》な調子で話した。

「ときに……」

局長が言い出したとき、順子は改めて胸がどきんとなった。

「さっき廊下で何を呉れたのかと思って、帰って封筒をあけてみたら、びっくりしたよ、辞表だったんだな」

「はい」

順子は赧《あか》くなってうつむいた。

「まあ、なんだな、君の気持は分らなくはないが、そんなことを苦にして辞めなくてもいいんですよ」

「………」

局長は接待煙草のケースの蓋《ふた》をあけて一本つまんだ。

「今度の処置は君だけの責任ではない。あれでは誰だって間違える」

局長は、ちゃんと知っているのだ。

「だが、問題は、そのときに然《しか》るべき責任者が部に居なかったことだ。それもやむを得ぬ用事で部を空けているならともかく、調べてみると、金森という次長は、あまりよろしくないことで始終外出しているそうだね？」

「………」

順子は返事ができなかった。

「いや、君が言わなくても分ってるんだよ。それから、部長もとかくほかの部に行きがちだ。これもいつかわたしが部長に注意しようと思っていたところだ」

局長は烟《けむり》を吹かしてつづけた。

「処分が相当きついことはわたしも知っている。しかし、いま編集局内の緊張が非常に欠けている。これは何とかしないと、今に大きな事故が起らんとも限らぬ。幸いわが社は大きな機構を誇って、一見、仕事が能率的に進んでいるように見えるが、それは機構のベルトが動いているというだけで、みんなの気持はたるんでいる。これじゃいかん。編集局内の緊張ということをもっと考えなければいけないと思っていたが、これは口先だけで言ってもなかなか改まらないからね」

声はおだやかだった。

「わたしも局長になってから、このことをずいぶん人にも言い、多勢の場所でも言っているから、やかましい局長だとみなは思ってるかもしれないが、それでさえ今のような緩み方だ。ここで、はっきりとしたかたちに出さないと、わたしの気持が分ってもらえない。ちょうど幸い……といってはなんだが、今度の事故でね、わたしは思い切ってああいうふうな処置に出た。おかげで一ぺんに編集局の空気がぴんと引き緊《し》まったよ」

局長は声をあげて笑った。

「まあ、そういったわけで、わたしの狙《ねら》いは初めからほかにあった」

局長は笑い声をおさめて言った。

「どうだろう、君は自分のミスでみんながひどい処分を受けたと思って居たたまれない気持でいるだろう。それは分るが、事情を言えば、こうなるわけだ。ひとつ、この辞表はそちらに収めてくれませんか」

局長はポケットから二つに折った順子の封筒を出した。

「でも、わたくしとしてはみなさんに申し訳ないんです」

順子は、やはり局長の威厳というか、そんなものに気圧されて十分ものが言えなかった。

「だから、それは分るとわたしも言っている。それに、こんな些細なミスでいちいち女の人が辞表を出したら際限《きり》がない。いわば問題はあなたのミスではなく、社の士気を奮い起たせるためにした処分だからね。これは一応切り離して考えてもらったほうがいい。分りますか？」

「はい。でも……」

「いや、それはもういいんですよ。さあ、早くそちらのポケットに入れて下さい」

局長は封筒を押しつけた。

順子は迷った。いま局長の言う温情に甘えるべきか、それとも現在の立場を考えて初志を貫徹すべきか。

「さあさあ、早く」

局長は順子が封筒を手に取らないでいるのを見て言った。封筒はテーブルの上で折れた一方をゆっくりと起している。

「ここの女の子が見たら困るからね、そんなところに封筒があったんじゃ、わたしとあんたがラブレターを取り交しているように見える」

局長は下手な冗談を飛ばした。

順子は強情に局長の意志に逆らうのも悪いと思い、それをポケットに入れた。しかし、それは辞表を撤回したという意味ではなかった。直接手渡すのが悪かったら、また別な方法で出すこともできる。ここはひとまず局長の顔を立てないと都合が悪いような気がした。

「それでは、一応、収めさせていただきます」

「一応だなんて言わないで、受け取ってくれたまえ」

局長は、それでも順子がポケットにしまったので、機嫌がひどくよくなっていた。顔色にも気楽なものが見える。

「ところで、君、真佐子さんとはよく遇うかね？」

局長の質問には、肝心な用事がすっかり済んだという安堵《あんど》が出ていた。煙草をうまそうに吸っている。

「はい、ときどきです」

「やっぱり、あのマンションで？」

「はい」

「そうですか。……わたしもあの近くに知り合いがあるので、よくマンションの前を通る。真佐子さんに遇ったのは初めてだがね。なんだろうね、ああいう人たちのマンションというのは立派だろうね？」

「はい、そりゃもうとてもきれいです」

「そうだろうな。彼女は、あのナイト・クラブで一番の売れっ子だ。それにいい客を持っているからね」

そんな言葉を聞くと、いままで峻厳だった局長が、急に遊び好きの酔客に見える。

「どうだろう、今日も九時ごろに、わたしはあの店にある客と行く。君には今度のことで余計な心配をかけた。それで、真佐子さんと一緒にあの店に居てくれないか」

「わたくしがですか？」

順子はびっくりして眼をあけた。

「ああ」

局長は微笑した。

「なに、そこでの招待はもう二次会的な意味だから、すぐに客は引き揚げる。そのあと、何かご馳走しようじゃないか？」

「いいえ、わたくしなら結構です」

順子は頭を振った。

「まあ、そう言わないで……それにこの前、ちょっと都合が悪くて君に失敬した。妙な具合で真佐子さんにも気持が変なんだ。今度は朗かに三人で話し合おう。ね、君、そうしたまえ」

突然、局長のテーブルに電話が鳴った。局長はそちらに歩いて受話器を耳に当てたまま順子に、もう部屋に帰んなさい、という合図をした。

局長付の女の子が入ってきた。順子は局長の申し出をはっきりと断る機会を失った。

例のロードを戻りながら、順子はまた別な重い気持に閉ざされた。辞表を押し返されたことと、今晩の招待を断り切れなかったこととである。

もっとも、両方ともこちらで断るつもりなら出来ることだ。辞表は別なかたちで出せばいいし、局長の申し出もこちらから出かけなければいいわけである。しかし、それでは彼女の気持が落ち着かなかった。局長はすっかり彼女が承諾したものと思い込んでいるらしかった。

これがもっと普通の社員だったら、電話ででも、都合がつきません、と断るところだが、局長ではそんな電話を直接かけるのも失礼なような気がした。

「どうしたの?」

河内三津子が調査部に戻った彼女の様子に声をかけた。外から見ると、順子がえらく萎《しお》れたように見えたのかもしれない。

「ううん、何でもないのよ」

今日切り抜いて整理すべき雑誌が四、五冊も溜《たま》っていた。彼女は引出しから鋏《はさみ》を取り出して紙を切ったが、心には局長の言葉が重くのしかかっていた。

順子は、結局、真佐子の店に行くことになった。

九時まで仕方がなかったので、映画館で時間を潰《つぶ》した。もっとも、真佐子のマンションに電話をすると、彼女はクックッと笑っていた。

「この前の晩は、どちらもちょっと変だったわね。じゃ、今度は改めてオープンで話し合うというわけね。あんたがお店に来てくれるのはうれしいわ」

真佐子は事情を知らないから、それだけを面白がっていた。

つまらない映画を辛抱して見終り、九時二十分ごろに行った。時間に遅れたのは、局長が先に来て帰ったあとなら都合がいいと思ったからである。時間に遅れてもそこに行ったというだけで言い訳は立つ。順子はナイト・クラブのドアマンに迎えられて入ったが、一人ではやはり足が竦《すく》む。

フロントで真佐子を呼んでもらった。入ってくる客がじろじろと見て通る。

その真佐子が暗い奥から白っぽい和服姿で現れた。

「まあ、順子」

真佐子はにこにこして手招きした。彼女に伴《つ》れられて暗い通路を歩いたが、前の足下をボーイが懐中電灯で照らしてくれる。

「来てるわよ」

彼女は順子の耳もとにささやいた。

「だいぶお待ちかねのようだわ」

ホールではショーがはじまっていて、外人の歌手が唄《うた》っている。客の赤いランプがテーブルごとに夜光虫のように浮いていた。

暗くて分らなかったが、真佐子に、ここよ、と言われると、やっと局長の姿が仄《ほの》暗《ぐら》い中で弁別できた。テーブルとテーブルの間がひどく狭く、通るのに骨が折れるぐらいだった。

「やあ、来たね」

局長が、その窮屈な椅子をうしろに引いて迎えた。

ふと見ると、その向うに誰か一人坐《すわ》っている。スタンドの陰になって顔がよく分らなかった。

真佐子がその男客の間に占めた椅子に坐り、順子と局長とを見較べて、

「改めてご対面というところね」

と、笑った。もう一人の男客は舞台のほうを向いている。

「そうだな。この前は妙な具合だった。しかし、三沢君、ここに来れば、ぼくを社の人間だと思わないでくれ」

「じゃ、何と思うの？」

真佐子が横から引き取った。

「そうだな、まあ、若いレディの友達というところかな」

局長はそうそう、と思い出したように、

「三沢君、紹介しよう。ここに居る人は丸橋君というんだ」

その人がひょいとこちらを向いた。

「丸橋君、こんな席でなんだが、うちの社にいる三沢君だ」

と、紹介した。それから順子に、

「丸橋君はぼくと新聞社は同期だったが、今はテレビ会社の専務をしている」

と、告げた。

「やあ」

丸橋という人は局長とは違い、痩《や》せぎすのタイプだった。局長と同期というが丸橋のほうが暗い場所では、若そうに見えた。

「よろしく」

丸橋はとっ付きが悪いらしく短くそう言っただけだった。

順子は手持無沙汰《ぶさた》に歌手の唄うのを見ていた。酒は真佐子が気を利かして甘いカカオフィーズを注文してくれていた。

そのショーが終ると、客席は急に明るくなった。それで初めて丸橋氏がこちらを向いたが、思った通り彼は童顔で、髪も黒々としていた。局長のほうは半分は白髪である。

客席も急にざわめいてくる。順子は、それで初めて客がショーを見たり聞いたりするため静まっていたのだと分った。はじめは、ナイト・クラブの客はひどくおとなしいと思っていたのだ。バンドが曲を変え、まん中のホールには、客席からぞろぞろと客がホステスを伴れて踊るために集っていた。

「新聞社のほうでは、どういう部ですか？」

丸橋氏が順子を見て訊いた。お愛想のつもりらしい。丸橋氏のように局長と新聞社が同期だったら、社の仕事は詳しく知っているはずだ。別に興味がないはずなのに、そう訊くのは挨拶《あいさつ》代りかもしれない。

「はい、調査部のほうにいます」

「調査部ね。ああ、そう」

それは結構だとも、忙しいだろうとも言わない。やっぱり丸橋氏は調査部の仕事を知っていた。

真佐子が丸橋に、

「あら、仕事のこと、ここで訊くのは野暮よ。ねえ、丸橋さん、順子さんはわたしの友達だから、これから後援してね」

と、頼んだ。

「後援といったところで、ぼくは新聞社の人間ではなくなっているから、そりゃ川北君に頼むほかはないな」

「川北さんとあなたはお友達でしょ。川北さんが順子さんをいじめたら、あなたが川北さんに文句を言ってくれればいいわ」

「なるほど、そうか」

「いや、大丈夫だよ」

局長が替って答えた。

「丸橋君に言われなくても、三沢君はぼくが引き受けている」

順子は、冗談にしても、川北局長のその言葉が今日の辞表のことに利かせているとしか思えなかった。その丸橋氏は、やがて用事があると言って帰ったが、椅子を起つ前まで、妙に順子の顔をじろじろと見ていたのが、彼女の意識に残った。

3

翌《あく》る朝の十一時半ごろだった。

「三沢さん、電話」

向い側の河内三津子が勢いよく受話器を差し出した。

「山口さんという女の方だわ」

順子には山口という姓に心当りの人がいなかった。受話器を受け取ると、

「三沢さんですね。ちょっとお待ち下さいまし」

こちらの返事を聞かないうちにそれが男の太い声に替った。

「三沢君かい、ぼく、川北だ」

順子はあっと思った。局長がわざわざ電話をしてきたのだ。それも社内ではないらしい。どぎまぎしていると、

「昨夜は失礼」

と、彼からナイト・クラブのことを言った。順子がそのことで礼を言おうとすると、局長はかぶせるように、

「君、昼飯にちょっと外に出ないか。新橋までだがね。天ぷらのおいしいところがある。少し君に話したいこともあるし、ご馳走してあげよう……。いや、そこで返事をしなくてもいい。とにかく、天淀《てんよど》という天ぷら屋の二階にいる。店に入って訊いてくれたら、すぐ分るよ。じゃ、頼むよ」

否応を言わせなかった。電話は勝手に切れた。

順子は思わずあたりを見回した。例によって部長席も次長席も空っぽである。前の河内三津子はしきりと切り貼《ば》りをしていた。田村や植村、吉岡もそれぞれの仕事に没頭していた。順子が受け答えをしないので、誰もこの電話に注意をしないのだ。彼女はそっと受話器を置いた。

なぜ、局長はわざわざ天ぷら屋に呼ぶのであろうか。昼飯のご馳走ということだが、むろん、何かの話があるにちがいない。

——昨夜、順子はあれから間もなく帰ったが、川北がわざわざ彼女一人のために車を呼ばせ、運転手に送らせた。川北は、そのあとも残っていたようである。

昨夜は、テレビの丸橋という専務が帰ってからも、川北局長はほうぼうの客席から声をかけられたり、こちらから出向いて話し込んだりしていた。とにかく顔が広い。

そのうち真佐子の注意で、川北は一人の赧《あか》ら顔の老人のテーブルに出向いて行った。そのテーブルは四、五人の、年配の男ばかりがいて、中に、赤坂だか新橋だか分らないが、芸者が三人ほど挟まっていた、見るからに華やかな席だった。

順子は、何気なしに視線をその中央の人に向けた。それは新聞によく出てくる政界の長老だった。眼が大きく、太い眉毛《まゆげ》に特徴がある。絶えずその眼をぎょろぎょろ動かして傍の者と談笑していたが、鼻の赤いのが新聞の漫画にそっくりであった。

その前に川北局長が鞠躬如《きっきゅうじょ》として進んで何かものを言っていた。傍の者が気を利かして椅子を引いたが、そこにものの三、四分もいたであろうか、また鄭重《ていちょう》に挨拶してこちらの席に戻ってきたが、至極上機嫌であった。

「中野先生は相変らずお元気だな」

彼は真佐子に半分は自慢そうに言っていた。

「いつ見ても、きれいどころを集めて若返り法を試みていらっしゃる。君もあの席によく行くのかい?」

「ええ、よく呼んで頂きますわ」

真佐子は言っていた。

「そうか。あのくらいになると、政治家というよりも仙人だな。ところで、知らない顔が傍にいたが、あれはどなただい？」

「あら、ご存じないの？　有名な洋画家の西東英二先生ですわ。いつかお二人でお酔いになって、ショーに出てくる漫画に露骨な猥画をお描きになって困ったことがあったわ」

「ああ、あれが西東さんか。先生もいろんな文人墨客と付き合っておられるわけだな。しかも、みんな一流ばかりだ。いかにも中野先生らしい」

「あら、局長さん、中野先生の派閥なの？」

「いやいや」

彼は少しあわてて、

「必ずしもそうではないが、しかし、反対派ではないな。要するに、ぼくはまだ無色透明だ」

「そのうち政界に進出なさるんじゃやない？」

「まだ早いな。いずれは時機が来たら、そういうことになるかもしれないがね」

そんなご機嫌の川北局長を見ていると、社内の空気を粛清している怕《こわ》い局長の面影はどこにもなかった。

順子が帰るときに三原真佐子がモータープールのところまで送ってくれたが、小

さい声で、

「局長はとても親切そうじゃない？　あんた、くよくよしてこぼしに来たけれど、心配することはなかったわね。よかったわ」

と、喜んでくれた。

「それも真佐子さんのおかげかもしれないわ」

「あら、わたしなんか」

「だって真佐子さんはお店にくる政治家の方をよくご存じだもの。局長はそういう人たちがお好きのようだから、真佐子さんを大事にしているのね。わたくしが無事で済みそうなのも、そういう意味であなたのおかげと言いたいわ」

「変なことを言う子ね。決してそうじゃないわ。あんたには分らないのよ」

真佐子は、川北局長がうしろから近づいて来たので、そっと順子の背中を押したものだった。

十二時になった。一分一秒と違わず、この調査部の連中は椅子から起ち上がった。仕事が仕事だけに昼食時間を遅らしてでもという気構えはない。

「三沢さん、食堂に行かない？」

三津子が誘った。

「ありがとう。でも、今日はちょっと外に出る用事があるの」

「へえ、外で食事なの。豪勢だわね」

「ううん、そんな意味じゃないけれど」

順子は、局長との話が長引いて社に帰るのが遅くなるかもしれないと思い、

「ねえ、河内さん、もしかすると、わたくし、帰って来るのが一時をちょっと過ぎるかもしれないわ。よろしくお願いします」

と頼んだ。

「ええ、いいわ。なあんだ、デイトなの？」

「とんでもないわ。久しぶりに女学校時代の友達が電話をかけてきたの。ちょっと会ってくるだけよ」

「ああ、さっきの山口さんという方の電話がそうなのね」

河内三津子は疑わなかった。

本社を出て、歩いて新橋まで行った。途中で、その天淀とかいう天ぷら屋に電話をし、よほど局長に会うのを断ろうかと思ったが、さし当りその口実がなかった。

それに、ご馳走はともかくとして、話があるというのが気にかかる。

天淀という店は土橋を渡ったところにあった。洒落《しやれ》た構えだが、入口は狭い。戸をあけると、中はテーブルになっていて、客で一ぱいだった。順子の姿を見て奥から飛んできた三十ぐらいの女が、

「三沢さんですね。どうぞお二階へ」

と、横手の階段を示した。

順子がそれを途中まで上ると、上から階下《した》の女中とは違った、きちんとした着物の女が急いで降りてきて、

「さあ、どうぞ。お待ちかねですよ」

と、上に誘った。

女中が襖《ふすま》をあけると、川北局長の肥った身体が畳の上に胡坐《あぐら》をかいて坐ってい た。前には座卓があり、銚子《ちようし》が一本出ている。

「やあ、来たね。恰度《ちようど》よかった」

川北局長はにこにこしている。

「おい、おやじ、さっそく天ぷらを揚げてもらおうか」

局長が声をかけたのは、順子には初めてだが、それがお座敷天ぷらというのか、割烹服《かつぽうふく》を着た男が座敷の隅で割烹台を据えて坐っていた。

「あら、こちら、お飲みものは？」

案内した女中が順子の顔をのぞいたが、

「いや、酒はだめだ。まだ勤務中だからね」

「そんなら、局長さんも勤務中でしょう？」

「おれは顔に出ないからいいが、女の子は駄目だよ」

順子は、すすめられるままに最初にきた天ぷらに箸《はし》をつけた。

「どうだ、おいしいかね？」

局長は子供に言うように訊いた。

「ええ」

「よかった。社の食堂よりは少し高級かも知れないから、この際、鱈腹《たらふく》食べたまえ」

「あら、女の子って男性の前ではそんなに食べられないものよ」

横から女中が口を入れて笑った。

「男性といっても、ぼくはこの人の恋愛の対象にはならないからね。悟りすました老人だ」

「あら、あんなことを言って、怪しいもんだわ」

「まあ、君は黙っておれ。少し、この人と話したいことがある」

「はいはい。では、邪魔者はしばらく下に消えます」

女中は襖《ふすま》を閉めて出て行った。

「忙しいところを済まなかったが、ねえ、三沢君、今日は例の辞表問題ではないから、そのつもりでちょっと話を聞いてほしい」

順子はなんとなくどきんとした。

「昨夜、君とあの真佐子さんのナイト・クラブへ行ったね。そのときぼくが紹介した、丸橋というテレビの専務を憶えているだろう？」

「はい」

順子にも、あの丸橋の印象がかなりな強さで残っている。それは、あのうす暗いテーブルのキャンドルの光で、その丸橋という男に異様にみつめられた憶えがあるからだ。

「そうか。あれは昨夜も話したように、元うちにいた社員だがね、ぼくとは同期生だった。いい奴《やつ》でね。気心はよく分っている。それに腕が立つほうで、元は貧乏だったテレビ会社が現在までのしてきたのも、あの男の功績だといわれているよ」

局長が何のためにそんな話を持ち出すのかと思っていると、

「ねえ、三沢君、その丸橋君から頼まれたことを君に取り次ぐんだが、これはあくまでも君の自由意志だからね、返事はぼくには何の気兼ねなしに言ってくれたまえ。いいかね」

順子には何のことか分らなかった。

「それからね、前もって断わっておくが、これは君の辞表問題とは全然別個のものだよ。それをよく腹に入れて聞いてくれたまえ。そうしないと誤解を受けそうだからね」

「はい」

順子は、その前置にやはり不安な気持が起った。

「というのはね、実は、あの男が君をテレビのタレントにしたいというんだが、君にはその気はないだろうかと訊いたんだ」

「えっ」

順子はびっくりして顔をあげた。

「いや、そう愕《おどろ》くから念を押したんだよ。ぼくはあの丸橋の言葉をそのまま取り次ぐだけだからね。……奴が言うには、君の顔はテレビ向きに持ってこいだというんだがね。現在、いろいろいるけれど、どうも自分の欲しいマスクというものがない。何というかな、純情の中に芯《しん》のあるという、それでいてエキセントリックな感じも出せるという、そういうタレントがいないと言っていた。ま、彼はそういう意味で君が気に入ったらしい」

順子はすぐには返事が出来なかった。

順子は先に天ぷら屋を出た。川北局長は、あまりに唐突すぎた。順子の予感に完全になかったことだ。もっとも川北局長は、それが今度のミス問題とは絶対に別だとは言っているが、もしやテレビからの誘いにことを寄せて、それとなく順子の退社を勧告したのではないかという気もしてくる。

だが、川北局長は、それは別個な問題だからこだわらないでくれ、と何ども念を押した。彼は、ただ友人のテレビ局専務から順子の気持を打診してくれと頼まれただけだと弁解していた。

とにかく、思いがけない話だった。順子は断って帰った。テレビのタレントなどとても自信はないし、また、あのような世界が自分とは次元が違うことも知っている。局長の前で、はっきりとそれは言って置いたが、局長もそうだろうとうなずいていた。

局長は、丸橋が落胆するだろうな、しかし、あの男はねばり強い男だから一度だけでは引っ込まないかもしれないよ、あとは君と直接に談判になるだろうな、などと言っていた。

順子にはそれが困るのである。局長には、できるだけそういうことのないように、と頼んでおいたが、しかし、その話を聞いただけでも、今までになかった世界が眼の前に急に幻影を見せた感じだった。

鋏と糊の地味な調査部の仕事。——この新聞社に居る限りそうした世界に閉じ込められるものと覚悟していたのに、不意に華やかな舞台がのぞいたような思いだった。

しかし、自分は三原真佐子のような女にはなりきれない。どんなにすすめられても絶対にそれは断らなければならない。

ふしぎなことだが、そのような話を聞いたあと、街を通る人の感じ方まで違ってみえた。これまでは、自分の閉鎖的な生活からどの群集も一様に色褪《あ》せてみえたが、今は奇妙にその人たちが華やかそうに映る。危険な意識であった。

有楽町の近くに来た時、つい、目の前の喫茶店からドアを開けて道に出て来たのが、何んと、末広部長だった。これがちょうど歩いて来ている順子と視線を真正面に合わせた。

順子は息を呑《の》んで思わず立ち止りそうになった。部長も意外だったらしく、少からずあわてた表情をしたが、すぐにその視線を脇《わき》にそらせた。

順子には気がつかない身振りなのである。

それでも、順子は部長にお辞儀をした。が、末広部長はそれも無視した。彼は、横を流れる車の群れに顔を据えたままだった。

順子は、この部長が自分を不愉快に思っていることがはっきりと分った。部長があわてて眼をそらしたのはバツが悪いだけの表情ではない。もっと順子に対する意識的なものが見えている。

順子が部長の横を逃げるように過ぎたとき、同じ喫茶店のドアが開いて一人の女がつづくように出て来た。が、その女は、順子を認めると、これもあわてたように、顔を隠した。

順子が、その女をどこかで会ったような顔だと思い出したのは、十メートルばかり歩いたあとだった。思わずうしろを振り向くと、そこには末広部長とその女の代りに、両人を押し包んだ群集だけが流れていた。

順子が調査部に戻ったときは、一時二十分になっていた。

「デイト、どうだった？」

向い側から河内三津子が顎をつき出したが、冗談だとは分っていても、順子はドキリとさせられる。

もし、局長と昼間天ぷら屋の二階で食事をしたなどと分ると、社内でどんな噂にもなりかねない。局長もそれは要心して、電話でも順子に返事を与えない一方的な話をしたくらいだ。順子もあの天ぷら屋を出たとき警戒したが、別だん知った人に見られたとは思えなかった。

仕事にかかったが、川北局長の話がまだ心にひっかかって、二、三度間違いをした。

夕方近くなって、末広部長がひょっこり戻って来た。発令の日までは資料調査部長だが、それもあと一日の寿命である。

辞令はとうに出ているが、当人はまだ一度も部員に挨拶していない。ほかの者に異動が分っていて、当の部長が何もそのことにふれないというのは、妙にちぐはぐな空気だった。だが、三十分ほど経った時、末広部長は椅子から起ち上がり、

「みなさん、お手すきならちょっとここに集ってくれませんか？」

と、突然言いだした。

いよいよ、部長は別れの挨拶を部員にするつもりらしい。皆は席を起って部長の机の両側に集った。順子もそのうしろに立った。

さすがに末広部長もいくらか悲痛な表情になっていた。

「みなさん。すでに辞令でご承知と思いますが、今度、わたしは事業部付になりました。いろいろと長い間みなさんにはお世話になりました」

末広部長が頭をわずかに下げたので、皆も揃《そろ》ってお辞儀をした。

しかし、末広部長の顔には感謝の色もなければ、名残り惜しそうなところも見えなかった。

かえって、眼光に意地悪げな色が出ていた。

4

末広部長の調査部員への訣別《けつべつ》の辞はつづいた。

「わたくしは、この部の部長として必ずしも長い間在任したとはいえませんが、それでも自分なりに部の充実を考えてきたつもりであります。不幸にしてそれが実らないでここを去るのは残念でありますが、それも不測の事故のためで、わたしの不徳の点はみなさんにお詫《わ》びをしなければなりません」

順子は、部長の言う「不測の事故」という言葉が胸を刺した。これはかなり強い語調だった。部長が別れの挨拶に述べる言葉ではない。普通は儀礼的に済ませるべきはずのものだ。考えようによっては、末広部長が自分の左遷に忿懣《ふんまん》をぶち撒《ま》けているようにも取れるし、その左遷は自分の手落ではない、部下の不始末の責を負っただけだ、と強調しているようでもあった。

「わたしの短い経験では、何んと言っても機構の整備と、人間の和が必要だということを痛感しました。この点、わたしにも至らなかった点が多かったと思います」

暗に金森次長との確執を言っている。言葉は謙虚だが、裏を返すと棘《とげ》があった。

そう思ってみると、部長の表情には悲痛な色が漂っていた。

「どうか、これからもみなさんはお互いに協力して仕事を推進していただきたいと思います。なかには、とかくよその派手な部に眼を奪われ、自分の仕事をおろそかにしがちな傾きもないではないと感じましたが、新聞社の機構は華々しい部だけが重要なのではなく、実際に重要なのは、こういう地味な内面協力なのです。それだからこそ記事の正確さが期され、信用がつくのです。とにかく喜んで仕事のできるような状態になっていただきたい。そのためには、ともすると沈滞しがちな部をどのように改革してゆくか、その工夫が肝心だと思います」

言葉は立派であった。しかし、この部長は在職中、そういう面に一度でもタッチしたであろうか。いつも席を空けて他の部長連との交際に専念していた末広の口からこの言葉が出ようとは思わなかった。要するに、それは真実性のない、体裁ぶった「訓示」でしかないのだ。

部員もくすぐったそうな顔をして聞いている。

「ところが……」

部長の調子がちょっと変った。

「人間はとかく眼移りがするものであります。一つ職場にじっと辛抱して自分の仕事を立派にやり遂げるというような忍耐の代りに、一足飛びに自分だけがいい目を見ようという気持になるものです。人間は誰しも華やかなところに出たい、陰よりも日向に出てみたい、みんなから羨しがられるような派手な存在になりたい、というような欲望はありますが、それはあくまでも実力でやり遂げるべきなのです。そういう素質というか実力があれば、自分で運動しなくとも、必ずほかの者が黙っていないで押し出してくれるものです。自分に実力がなくて、しかも、そういうパッとした場所に出たい、いい地位を得たい、という欲望に駆られ、上のほうにこっそりと運動するというのはどうかと思われます。自分だけ好ければほかの者はどうでもよい、自分だけは同僚を見捨ててでも上にあがりたい、そのためには策略も辞さない、他人の脚を引っ張ってでもそれを踏台にして上にあがりたい……そういう人間が一人でも小さな組織の中にいるとすれば、これはたちまち全体の組織や秩序の破壊となるわけです」

みんな奇妙な顔をした。末広は一体何を言っているのか、意味が分らなかった。もし、その意味が分るとすれば、それは末広自身に当てはまることではなかろうか。彼は資料調査部長の職など初めから熱心でなかった。そこを出世階段のほんの一時的な腰掛だと思い、ろくろく仕事もしなかったではないか。彼は自分の政治的な工作にその大部分の時間を消費していたといっていい。

部員の顔には、まるで末広の自己批判を聞いているような表情があった。

「こういう人間がわれわれにとっていちばん始末が悪い。というのは、こういう人間に限って自分の上に立っている人を無視し、もっと上のほうに取り入ろうとするのです。間の上級者を一足飛びに乗り越えて、ずっと上のほうの歓心を買おうとする。そして、自分だけが引き上げてもらおうとする。そのためには勢い自分の直属している上級者を密告することになる。ずっと上のほうでは、とかくそういう下部の内情を知りたい気持がありますから、そういう密告者の言葉を喜ぶ。それで本人を重宝がる。……もし、こういう傾向がいま出ているとすると、まことに危険だと思います。一種のスパイ政治ですからね。そのために善良な人間が排斥されたり、左遷されたりするようになっては、由々しきことです」

部長はしゃべっている。話しているうちに、自分で自分の言葉に昂奮《こうふん》してきたようにとれる。

部員たちは相変らず理由《わけ》の分らない顔をしていた。

だが、順子にははっと来るものがあった。これは暗に彼女自身のことを指しているのではなかろうか。末広の言葉には、川北局長と彼女との「接近」を風刺しているようである。思いなしか、末広の眼が末席に立っている順子のほうにときどき流れて来るようでもあった。

末広はどうして順子が川北局長に呼ばれていることを知ったのだろうか。社内では一度だけ局長の部屋に行ったが、あのときは誰も見ていない。では、真佐子のナイト・クラブで見られたのだろうか。しかし、末広が単独でそんな場所に行くとは思われないから、あの夜彼があの場所に現れていたとも思えない。

もし、何かの事情で、順子が局長と会っていたことを末広が知ったとすれば、末広は、順子が局長に告げ口をして彼の処分をやらせたと曲解しているのではないだろうか。

末広自身が資料調査部長としてあまり仕事をしなかったことを自覚しているだけに、この事情が順子の口から川北局長に密告されたとでも考えているのではないか。

――順子はたった今、川北局長に昼の食事をご馳走になって帰ってきたばかりなので、末広の異例な訣別の言葉が自分にだけ向けられた黒い矢のような気がした。

部長は別れの挨拶を済ませると、さっさと調査部を出て行った。

あとに残った部員たちは、互いに妙な顔を見合せた。

「なんだか変な挨拶だったね」

田村が言った。

「ほんとだ。どこか奥歯にものがはさまったような言い方だね。すっきりしないよ」

植村が応じた。

「自分の挨拶の中に不満をぶち撒《ま》けている。やっぱり今度の人事が腹に据えかねているのだ。他人の足を引っ張って自分だけ出世しようというエゴは部長自身のことじゃないか。この部員の中には、そんな気概のある者は一人もいないよ」

吉岡が資料のカードをめくりながら言った。

「とても厭味《いやみ》な言い方ね。やっぱり末広さんは、この資料調査部長の椅子に未練たっぷりなのね。出世を心がけていたのに、逆に裏目が出たためアタマに来たのかもしれないわ」

河内三津子が外国雑誌に鋏を入れながら、低い鼻をふんと笑わせた。誰も、末広に同情している者はいない。最後の最後まで部員に反撥《はんぱつ》を起させて彼は去ったのだ。

順子はおし黙っていた。末広の言葉がまだ心に黒く淀《よど》んでいる。どう考えても、あれは彼女のことを暗に言ったとしか思えない。部員たちはそんな事情を知らないから、末広の単純な厭味と解釈している。順子はひとりで考え込んでいた。写真部から回って来た写真を、人物、風景、事件、行事といったふうに分類していた。それぞれに袋があって、人物でも有名人のものは厚い封筒が三つも四つも溜っていた。

それにしても、末広の言い方には単なる臆測《おくそく》だけではないものがある。具体的に知っている口吻《くちぶり》だ。

順子は局長と会っての帰りに、さっきの喫茶店の前でその末広と遇っている。そのとき彼は順子をわざと無視した。末広のあとから一人の女がつづいて出て来ていたが、これも順子の顔を見ると、あわてて避けるように横を過ぎた。

あのときも、どこかで遇ったような女だと思ったが、やはり今でもその感じは変らない。たしかにどこかで見た女だ。この新聞社の中に働いている女性のような気がしたが、いくら考えても心当りはなかった。

新聞社の中に働いている女性は、編集局にもいれば、業務局にもいる。編集のほうは大抵顔を知っているが、業務はまだろくに分っていなかった。販売、広告、庶務、経理といったところには、それぞれ三、四人の女性がいる。それ以外にも工務局関係がある。

順子がどこかに見憶えがあると思ったのは、そういう女性と社内で、一、二度顔を合わせたためかもしれない。とにかく、外部の人ではないような気がした。が、それにしても、そんな女性が局長と会っていたことを知るわけもなかった。順子は、自分でも心が僻《ひが》んでいるのではないかと思った。

そのとき電話が鳴った。順子はそれを取った。

「三沢さん、いらっしゃいますか」

交換台の声だった。

「はい、わたくしです」

「地方版の木内さんからです」

交換台の女の声は事務的で素気なかった。

「三沢さんですか。ぼく、木内です」

彼の声が伝わった。うしろに電車の音がしている。

「今日のあなたの帰りは、定時ですか？」

「ええ」

「社が退《ひ》けてから何か予定がありますか？」

「別に」

順子は何んとなく周りに気兼して短く答えた。

「それなら、この前のお礼に今夜ロードショウにお誘いしたいんですが、いいでしょうか？　話題になっている洋画です」

この前の礼というのは、新劇の切符を渡したことらしい。順子は迷った。木内の言い方では、どうやら、彼も一緒にそのロードショウを見に行くらしいのだ。断るつもりで返事をためらった。

「面白い映画らしいんです。いい席を二枚取りましたから、よかったら行きませんか？」

やっぱり彼は一緒に行くつもりだ。順子は、この木内も自分のために被害を受けた一人だと思うと、あっさりとは断れなかった。それに、末広の厭な言葉で気持が鬱《ふさ》いでいるときでもあった。映画を見たら、多少気が紛れるかもしれない。

「ええ、参りましょう」

順子は思い切って答えた。

「えっ、来てくれますか」

木内は急に弾んだ声になった。

「そりゃありがたいです……では、六時に、その映画館の前で待っています。いや、もうちょっと早く出てくれませんか。そしたら、あの近所の喫茶店で、落ち合うようにしましょう」

木内の声は少しあわてていた。

第四章　策　謀

1

その日の夕方、末広善太郎は、赤坂近くの中華料理店で一人の女性と食事をしていた。

この女なら、順子が局長と会ってからの帰りに、喫茶店から出てくるところを見た同一人である。二十七、八くらいの、顔の長い、眼の吊《つ》り上った感じの女だった。

「こんなところを社の人に見られないかしら？」

女は箸《はし》を動かしながら、あたりをおそれるように見回した。並んでいるテーブルには、家族伴《づ》れが一組と、男ばかりの客が一組いるだけだった。

「この店には社の者はこないよ」

末広は保証した。

「そう。それならいいけど、もし見つかったら、わたしの立場がなくなるわ」

「大丈夫さ。……で、三沢君と昼に顔を合わせたとき、彼女は君が誰《だれ》だか気づかなかったわけか？」

「知らないようだったわ。もっとも、これから顔を合わせると、思い出すかしれないけれど」

「交換台では、声だけの連絡はあるが、顔はほとんど合わさないからね」

「ええ、そうよ。社の人は見たこともない顔でも、声だけは始終レシーバーで聞いているから、なんだか、いつも、遇《あ》っているような気がするわ」

「君は、誰がどういうことをしているか、私行上のこともみんな分ってるわけだね？」

「でも、それは職業上の秘密ですからね、他人には絶対に洩《も》らさないことにしているの。ただ、末広さんから頼まれたことは別よ」

「そのことだ」

末広は満足そうに微笑した。

「今日、調査部でお別れの挨拶《あいさつ》をしたんだ。それとなく川北局長とのことを、三沢に当てこすっておいたがね」

「あんまり露骨におっしゃっちゃ駄目よ。ネタがわたしから出たとなると、それこそ大変だわ。即日社を馘首《くび》になるわ」

「大丈夫だ。あくまでもぼくの推定ということに見せかけておいたからね。しかし、君の話を聞いて助かったよ。社ではあんな峻厳《しゅんげん》な川北局長も陰で何をやってるか分らないと知っただけでも、大へんこっちにも自信がついたよ」

女は江木郁子《いくこ》という社の交換手だった。三沢順子にかかった川北局長の話を盗聴して末広に注進したものだ。郁子が末広にそれを内報する理由は、二人だけの秘密な関係の中にあった。

交換台にいれば、社員にかかってくる外の電話の全部をつなぐから、その気になりさえすれば、いつでもその内容が聴ける。永い間のカンというか、外からの電話が仕事に関係したものかどうかは、交換台の彼女たちに大抵分るのである。殊に男の社員に女性からかかった電話、あるいは女子社員に男性からの電話があった場合、興味深く通話の内容を聴くことがある。だから、交換台の女性たちは、どの社員に何という名前の恋人がいるか、その仲がどの程度に進行しているか、または誰がどれだけの借金を持っているか、ほとんど知っているといっていい。

忙しい社の仕事だから、少しまごまごしていると、交換台は男の社員に怒鳴《どな》りつけられる。その鬱憤《うっぷん》もないではなかった。女性関係や借金などの私行上の弱点を握っていることで、交換台の彼女たちはそれなりの優越感を持っている。

「三沢順子にテレビから誘いがかかっているというのは本当かね？」

末広は、郁子から聞いた話に念を押している。

「局長の友達にテレビ局の偉い人がいて、その人から三沢さんを口説《くど》くのを頼まれているのよ」

江木郁子は、スプーンで汁を啜《すす》った。

「どこで、そのテレビの男は三沢順子を見たんだろうな？」

「これはわたしの想像だけれど、三沢さんの友達に三原さんという名前の女《ひと》がいて、ときどき電話がかかってくるわ。話の様子では、なんでも、赤坂あたりのナイト・クラブに勤めているホステスらしいわ」

「そのナイト・クラブなら、局長がよく行くところだ。それじゃ、そのホステスを介して局長も三沢君と親しくしているのかな。でないと、社内では川北局長が女の子に手を出すきっかけはないからな」

「そうね、そうかもしれないわ。その店にテレビ局のその偉い人も来合せていて、話が進んだんじゃないかしら？」

郁子は切れ長な眼をあげて末広に言った。

「そうかもしれないな。しかし、怪《け》しからん話だ」

彼は怒っていた。

「局長がぼくを調査部から遠ざけたのも、その話で合点がいくよ。なにしろ、ぼくのような男を自分の女のいる部に部長として置くのは危険だからね。川北局長はつまらない理由で遠ざけたんだ。それも三沢君のミスでやったのだから卑怯《ひきょう》だ」

「そうね」

郁子は汁を啜り終って、

「その三沢さんも案外しっかり者らしいわ。局長とそんな連絡を取っていながら、社内に別なボーイフレンドがいるらしいんだから」

と、口の周りを紙で拭《ふ》いた。

「誰だい、ボーイフレンドというのは？」

「あんまり言うのは悪いかしら」

「構わないよ。そこまで言ったんだから、何もかも言ってしまえよ」

「じゃ、言うわ。それは地方版の木内さんという人だわ。さっき一緒に映画に行こと言って、外からの電話で誘っていたわ」

末広は、郁子が中華料理の皿に箸を運んでいるのを眺めて、ぼんやりと煙草を吸った。

彼の脳裡《のうり》には社内の勢力分布図が描かれている。編集局長の川北良策を中心にさまざまな線が引かれていた。川北と対極的な位置にある勢力圏もある。その中間もある。それぞれの下に直系の線があり、その線はまた横に錯綜《さくそう》している。ひどく面倒な分布図だが、当の末広には明快に映っているのだ。

川北編集局長は、現在、編集担当重役の瀬永一馬につながっている。この瀬永氏は編集局畑の主流を歩いて来て、すでに十年ぐらい前から、担当役員として確固たる位置を社内に築き、支配していた。この瀬永氏自身がそこに来るまでにライバルを蹴落《けおと》して来たのだが、結局、現在の社長の信任を得て現有勢力を確保した。これには他の勢力もちょっと太刀打ちができずにいる。

もし、川北局長がこのまま瀬永常務の信任をつなげば、次のポストは大阪支社の総務であろう。これは役員待遇である。つづいて東京本社の編集総務、大阪支社長、次にはいよいよ待望の編集担当役員ということになって、完全に瀬永現常務と同じコースを踏襲することになる。

それで、現時点では川北局長に絶対的に有利な態勢になっているが、むろん、反川北勢力も存在している。中心は前編集局長の中田利介で、彼はいま論説委員室にくすぶっている。社内では中田派の幹部が近いうちに川北局長に粛清されるだろうと噂《うわさ》されていた。川北なら、思い切ったことをやりかねないというのだ。強い性格だし、実行力もある。ただ、就任してからまだ日が浅いので、現在はその改造の構想を練っているらしいとうす気味の悪い観測をされている。

末広は、その中田前局長派と目されている。これは、彼の性格として時の局長に取り入っていたから当然のことだが、今度の写真ミス事件の責任で彼が左遷させられたのも、川北の中田色一掃の最初の顕《あらわ》れだと社内では見ているのだ。大異動が行われないのは、まだ川北の構想が十分に熟していないからである。いわば末広の左遷人事は川北構想のハシリであり、ある意味では川北のアドバルーンとも見られている。川北はこれで社内の反応を窺《うかが》っているというのである。

末広は、たびたび論説委員室に行って中田前局長に会っている。中田は、ときどき気乗りのしない社説を書くだけで、面白くない顔をしていた。現役局長時代の元気さはすっかり失せている。が、その表情の下には、自分を蹴落した川北に対する憎しみが隠されていた。言葉のはしばしに、つい、それが洩れるのだ。

川北に出世主義の野心があるのは誰も知っているが、それだけに彼に覇気があるということにもなろう。どちらかというと平々凡々だった中田の局長時代と較べ、川北体制の下では紙面の刷新が期待できる。またそれを見込んで瀬永常務が彼を局長に据えたのだが、このまま川北体制が固まると、末広自身は生涯、この社にいる限り芽が出ないことになる。今のうちに何とかしなければならないという焦りは、閑職に追いやられた今の瞬間から末広は持っていた。うかうかすると、もっと陽の目を見ない場所で後輩の出世を傍観することになりかねない。

これは立身出世を志している末広にとって我慢のならないことだ。川北体制が完成し、その基礎が固まったのちでは、もう取り返しがつかなくなるのだ。川北の土台を脅すなら今のうちだった。今なら、川北の基礎は完成途中だから脆《もろ》いし、ゆさぶれば崩壊も不可能ではない。

さて、そうなれば、むろん、末広は反川北の総帥《そうすい》である中田利介と組まなければならない。中田派はいずれ川北人事によって続々と左遷されるであろうから、その忿懣《ふんまん》がアンチ川北の団結になってゆく。中間派も誘いようによっては中田派に入るかもしれない。これは、もし川北失脚の実現が可能なら、次期主流派に復活する中田派につかないと大きな損をするからである。

すべての勤人は、現在の主流派はもちろんだが、ある意味でもっと次期の主流派を見極め、それに色目を使うことを忘れてはならない。

川北を落すとすれば、今度の三沢順子のことは一つの要因になるかもしれないと、末広は思っている。ナイト・クラブで秘かに両人が会っていること、食事に二人だけで料理屋に上がっていること、川北が順子を同系会社のテレビ局にタレントとして世話をしようとしていること……こう並べると、スキャンダルとして成立しそうである。宣伝によってはそれも可能である。

だが、このままではまだ薄弱であった。これをもっと強いスキャンダルに育てなければならない。……末広の頭にある社内勢力分布図の端には、いまテレビ局に出向している久保直一という男がいた。これは三年前にそのテレビ局に出向したのだが、いつもぼやいている。同じ社の資本が入っているとしても、テレビ局への出向は出世の主流から一応外されたかたちになるのだ。むろん、R新聞社の社員には違いないが、出向のまま停年まで本社に帰されない場合が多い。

郁子はまだ中華料理の皿をつついていたが、

「ねえ、末広さん。煙草ばっかり吸っていないで、少しは食べたらどう？」

「うむ」

末広は夢をみているような眼つきで応《こた》える。

「何をそんなに考えてるの？」

「まあ、黙っといてくれ。君だけ勝手に食べてくれよ」

「変な人ね」

郁子は運ばれてきた鯉《こい》の空揚げに箸をつけた。

——さて、テレビ局にいる久保直一のところまで考えがたどりついたな。

あいつは不平党だから、誘えば乗ってくるだろう。久保は本社に帰りたくて仕方がないのだ。彼がテレビ局に居る限りは、芽が出るとは思えない。大阪から来た男なので、彼がぶつぶつと関西弁で不平を言うのを聞いていると、何んとなくテレビのぼやき漫才を思わせる。

末広が、この久保直一を考えたのは、江木郁子がレシーバーで捉《とら》えたという、川北とテレビ局丸橋専務とのつながりだ。三沢順子のタレント話は、この二人の間で進んでいるらしい。

だから、もし川北と順子とのスキャンダルを大きくするには、久保から丸橋の行動を探らせるとよさそうだ。丸橋がどんな気持で順子をタレントに引っ張ろうとしているか分らないが、少し様子を見て何か出てくれれば、そこから川北を追い落す材料に固まってくるかもしれない。

よし、これでいこう、と末広は自分で合点した。

「なあ、江木君。これからも、局長のところにかかってくる電話や、三沢君の電話には気をつけておいてくれなア。そして、これはと思うような内容は、必ず報《し》らしてくれ」

「ええ、いいわ」

郁子はハンカチで口の周りを拭《ぬぐ》い、ケロリとして言った。交換手はスパイを承知したのだ。

「だけど、おどろいたな」

「何が？」

「三沢順子さ。あんなおとなしそうな顔をしていながら、川北局長に色仕掛で取り入っている。また一方では地方版の若いのとデイトしたり、女っていうのは分らないな」

「地方版の木内さんのこと？　いま、映画を一緒に観ているわ」

「君、その二人の間はどの程度だろう？」

「そうね、電話じゃそれほど親しい言い方でもなかったわ」

「電話では分らない。ほかの者に聞かれるのを惧《おそ》れて、どうしても体裁ぶった言葉になるからな。その木内という男は、三沢順子が誤って渡した写真をそのまま紙面に出した整理部の男だ。いわば順子と同罪で、そのため今度左遷されている。案外、同病相憐むというところかな。それで二人の間が急速に接近したということも考えられる」

「そうね。わたしも忙しくなったわ。両方の電話を気をつけなければならないし」

「まあ、よろしく頼むよ」

「でも、わたしが始終交換台に坐っているわけではなし、非番の日だってあるわ。それに、問題の電話をわたしがつなげばいいけれど、ほかの人の手に渡ったときは仕方がないわね」

「そりゃ止むを得ない」

「もう一人、交換台の誰かを味方につけましょうか」

　郁子は提案した。

「いや、そりゃいかぬ。そういうことをすると、かえって拙《まず》い。人間は、いくら仲がよくても、いつそれが破れるかしれないからね。そうなると裏切られる。少々不便だが、やっぱり君一人がやってくれたほうがいい」

それなら、末広善太郎を江木郁子は裏切らないだろうか。その惧《おそ》れはまず無いとみた。江木郁子は末広に身体《からだ》を与えている。男にとってこれほど鞏固《きようこ》な信頼の保証はなかった。単純な好意や親切だけでは安心がならない。そういう男女の関係こそ何よりも強い靭帯《じんたい》であると末広は思っている。だから、他人を仲間に引き入れるのは危険なのである。

「あら、ちっとも召し上がらないのね」

郁子は、ほとんど手をつけていない末広の皿を見て言った。

「ああ、なんだか欲しくない」

「あなたらしくもないわ。今度はよっぽど緊張しているのね」

「そうかもしれない。おれとしては浮ぶか沈むか、その瀬戸際だからな」

「大丈夫よ。わたしが協力するわ」

郁子は、うすい眉《まゆ》の下の鈍い眼を光らせて男を見た。その眼は別な意味を男に愬《うつた》えていた。

末広はうなずいた。この女を忠実な味方につけるのには、もっと靭帯を強くしなければならない。

「出よう」

末広が起ち上がると、女はいそいそと従った。

表へ出たが、今度は慎重に夜の通りを警戒した。走ってきたタクシーを停めると、素早く郁子のほうを先に乗せた。

「どちらへ？」

運転手が訊《き》くのに、

「渋谷へ」

と、末広は簡単に答えた。そこに行きつけの家がある。

江木郁子は待っていたように末広の手を握った。肩をすり寄せ、もう呼吸《いき》を弾ませている。


順子と木内一夫とは映画を観終って出ていた。

「せっかくお誘いしたが、あんまりいい映画ではなかったですね」

木内は人群れのなかで順子に言った。実際、それは多少期待外れだった。

「でも、愉《たの》しかったですわ」

順子はつまらなかったとも言えないので、そう答えた。

「あなたが愉しかったら、それでいい」

木内は順子よりももっと愉しい顔つきをしていた。

「少し疲れましたね。お茶でも喫《の》んで別れましょうか？」

彼は日比谷界隈《かいわい》の灯を見て言った。

「そうですね」

きれいな喫茶店は、やはり映画帰りの人で一ぱいになっていた。若い男女が多い。二人が坐ったボックスの周りでは、いま観た映画の感想など話し合っていた。

「今夜は久しぶりに気持が晴れましたよ」

木内は順子ににこにこして言った。

順子にはその言葉が少し重い。木内は映画がつまらなかったと言っているから、彼の気持が晴れたのは順子と一緒にいたからだということになる。

「お仕事のほう、少しお馴《な》れになりましたか？」

順子はわざと話題を変えた。

「ええ。あんなの馴れるも何もないです。地方から送ってくるつまらない原稿を、ただ地方版にべたべたと押し込むだけですからね。感激がありませんよ」

木内の今までいた整理部の仕事からみれば、彼の言葉は無理もなかった。それも順子のミスからである。

「ぼくはまあ下っぱのほうだからそれでもいいとして、あなたのほうの部長や次長は気の毒でしたね。しかし、まさか川北局長があれほど思い切った処分をするとは誰も思いませんでしたよ」

順子は返事ができなかった。木内はそれに気づいて、あわて気味に、

「しかし、あれは局長があんまりひどすぎますよ。普通なら、まあ、譴責《けんせき》というところで済む話ですからね。今度の処分のほうが異常なんです」

と、順子の気持を軽くするように言った。

しかし、順子にはその言葉がかえって二重の苦痛になってくる。この際、川北局長の悪口を聞くのは、彼女にとって少しも慰めにはならなかった。

この木内は川北が順子に親切にしていることを知っていない。いや、木内だけではなく、社の全員が気づいていないのだ。それだけに、もし、川北との接近が分ったときは、どのように社内から反感を持たれるか分らなかった。

疚《やま》しいことは一つもない。しかし、そういう噂はとかく余計な付帯物がついて、どんな臆測《おくそく》から忌しい事実めいた噂にならないとも限らない。

現に、この木内もその話を聞けば、順子に裏切られた激しい感情を持つに違いなかった。

順子は少し憂鬱《ゆううつ》になった。もう、川北からの誘いを断ろうと思った。よけいな誤解はうけたくない。

「では、ぼつぼつ帰りましょうか」

木内は、順子が弾まない顔つきになったので、気になったように言った。

「ええ、そうしましょう」

冷たいジュースを一つ飲んだだけで二人は起ち上がった。木内がレジに寄って支払いをしている間、順子は表に出た。まだ人通りはあった。

木内は、お待たせしました、と言い、順子の傍に来るつもりだったのを誰かに呼び止められた。

「やあ、木内君やないか」

その男は、三十二、三の、ずんぐりした身体つきだった。ちょっと洒落《しやれ》た身装《みなり》をしている。

「ああ、どうも」

木内が頭を下げたので、順子は社の人だと思い、そっと目立たぬように彼の横から離れた。その人は、順子の様子をじろりと見た。

調査部に来て間のない順子は、社の人間の顔を全部知っているわけではなかった。

「久しぶりやな」

その人は関西弁で言い、愛想のいい笑い顔を木内に向けていた。その木内は、上役に向っているような、少しかしこまった姿勢で立っている。

「元気かい？」

「はあ」

木内は頭を下げた。

「もう、君には三年ぐらい遇わんな」

「そうですね。あなたがテレビに行かれてからずっとですから」

「社にはちょいちょい寄ってるが、いつも行違いになってる。……何んや知らん、今度社内でちょっとした異変があったそうやないか」

その男はニヤニヤ笑っていた。

「もう、久保さんの耳に入りましたか」

「そら早いわ。テレビにいたかてぼくは社の人間やさかいな、ニュースが入るのはおんなじや」

「どうも」

「まあ、若いうちはええわ。どないなところでも回って、できるだけいろんな仕事に馴れたほうがええ」

「ありがとうございます」

「君、悄気《しょげ》てへんか？」

「いいえ、ちっとも」

「まあ、あんまり腐らんようにしいや。おれみたいになってもあかんからな」

「…………」

「君と違うて末広君は腐ってるやろ？　なにしろ、あの男ぐらい出世にがつがつしていた男はおらんさかいな」

「さあ、どうですか」

「どうやら、伴れがあるようやな」

その男は、離れている順子の姿にちらりと眼を向けて、

「あんまり邪魔しても悪いから、今度またゆっくり会おう」

「はあ」

「いろいろ社内の情勢を報《し》らしてや。テレビに行ったら、社内の話を伺んでも知りたいさかいな。じゃ、元気で」

「失礼します」

その男が去ると、木内のほうから順子に寄ってきた。

「どなた？」

「なに、元編集にいた人ですが、いまテレビに行ってかなり意気銷沈《しょうちん》しているらしいです。久保直一という人ですがね」

2

R新聞社の交換台はいつも忙しい。常時十人ばかりが詰めているが、これは三交替になっている。早出と、遅出と、深夜勤務とがある。深夜は人数がずっと少ない。その日、江木郁子は九時出勤で四時上がりという早番だった。

十時を過ぎると、猛烈に忙しくなってくる。各地方の支局や通信部から送られてくる夕刊早版の送稿にきりきり舞だ。あとは夜遅くまでひっきりなしに指を動かしていなければならない。

交換手のなかでも江木郁子は馴れたほうだった。特に忙しい場合を除けば、通話を傍受するくらいの余裕はある。彼女は末広に言われて以来、川北編集局長にかかってくる電話と、三沢順子のところにかかってくる外線には特に注意をしていた。

もっとも、それが必ずしも自分の番に当るとは限らない。同僚の受持番だと諦《あきら》めねばならなかった。が、その日は、どうしたことか幸運が彼女を見舞っていた。川北局長のもとには、午前中四本の外線と、午後一時までに六本の外線とがかかってきた。いずれも仕事の上の用事で、末広に報らせなければならないほどの内容ではなかった。

二時を過ぎてテレビ局の交換台から川北に通話の申し込みがあったとき、彼女はいち早く編集局長室にキーを差し込んで、レシーバーに耳を澄ませた。

「局長さんですか。××テレビの丸橋専務からです」

郁子が言う。

「おう」

野太い声は川北だった。その丸橋専務の声が出る。これは少し金属性をおびた音だった。

「この前は失礼」

「ああ、丸橋君か。愉快だったな」

川北の声。

「相変らず忙しそうだな」

「何んだかばたばたしているよ」

「今夜は暇はないかね」

「今夜かい。ちょっと待ってくれ」

　メモを繰っている音。

「八時までは塞《ふさ》がっている。会議があるんだ」

「八時からで結構。例の場所だ。いいね？」

「君ひとりかい？」

「少し話があるんでね、二人だけにしたい」

「よかろう」

　川北局長の声がすこし弾んでいた。例の場所というのを、江木郁子は末広が言った赤坂のナイト・クラブだと見当をつけた。

「それから、この前の君のところの子だがね」

「ああ、三沢順子か」

　江木郁子の耳が緊張した。

「今日三時ごろに、何か名目をつけてぼくのところへ使いに寄越してくれないか」

「どうするんだい？」

「制作部長がちょっと見たいと言うのだ。それとなしに君の手紙でも持たせて寄越してくれ？」

「あれはほかの部だから、ちょっと使いにくいな。いくら局長でも、そういう使いを調査部の女の子にさせるのは少し変だよ」

「何んとかならないか」

「そりゃ少し困る。いっそのこと今夜のナイト・クラブに伴れて行こうか。君のほうもその制作部長というのを伴れてくればいい」

「そうだな」

丸橋のためらっている声。少し沈黙。

「よろしい。それでは、君のところは五時に済むから、その帰りにぼくのところに寄ってもらうぶんは構わないだろう？」

「それなら無難だ。君のほうはそれまで待機しているわけだな？」

「待っているよ」

「しかし、断っておくが、そちらで気に入っても、当人が必ずしも乗り気でないかもしれないからな」

「断られるなら仕方がないが、制作部長は熱心な男だから、いざとなれば口説き落すよ」

「その辺は任せてもいい」

「ところで、これは念のために訊くが、あの子に君の特別な意志は働いていないだろうな？」

郁子はレシーバーに神経を尖《とが》らした。

「バカなことを言うな。いくら何んでも自分の社の者には手をつけないよ」

局長の笑い声。

「それを聞いて安心した。では、そういうことで」

「いずれ今夜」

電話はそれで切れた。

江木郁子は素早く前に置いてあるメモに鉛筆を走らせる。通話の要点だけを書き留めておいた。

今の電話の限りでは、川北局長は三沢順子に特別な野心はないらしい。むしろテレビ局の丸橋とかいう専務がタレントとして三沢順子を欲しがっているようである。しかし、これは電話のことだし、両人の本当の肚《はら》は分らないと思った。

この電話のあと川北局長から順子に電話がゆくかもしれないが、残念なことに社内電話では傍受がきかない。

郁子は事業部に電話した。若い男の声が出る。

「末広さんに山崎さんという方からお電話です」

郁子が言うと、当の末広が替って出た。末広は昨日から事業部でぶらぶらしている身になったのである。

「末広さん、わたしよ」

郁子は言った。

「はいはい。そうです、末広です」

末広も調子を合わせていた。

「急いで言うわ。さっきテレビ局の丸橋専務から局長に電話があって、三沢順子さんを今日社の帰りにあちらへ寄らせるらしいわ。何んでも制作部長がよく見たいんですって」

「はいはい、かしこまりました」

「ああ、それから、局長とその丸橋さんは、今夜八時から例のナイト・クラブで会うらしいのよ」

「よく分りました。どうもありがとう」

末広がかしこまった声で電話を切った。

その電話のあと、今度は三沢順子に外線からかかってきた。チリンという銅貨を落す音が聞えたので公衆電話である。

「どちらさま？」

郁子は空とぼけて訊いたが、調査部の三沢さんへ、という男の声が木内であることは確かだ。声に聞き憶《おぼ》えがある。その木内は、

「吉田です」

と、平凡な偽名を使った。そもそも偽名を言うところがおかしい。

調査部につなぐと、はじめ出てきたのは河内三津子だった。嗄《しわが》れた男のような声だ。それが順子に替った。

「ぼくは木内です」

「あら」

順子の声が小さい。

「そこに多勢部の人が居ますか？」

「ええ」

「そんなら手短に言います。……昨夜はどうも失礼しました。あれからぼくは真直

ぐに帰ったのですが、どうも昨夜だけでは物足りない気がするんです。今夜、もう一度逢《あ》ってくれませんか」

　少しの沈黙。

「困りますわ」

　順子の遠慮した声に木内が何秒か黙っていた。

「ぼくはぜひあなたに逢って話したいことがあるのです。ほんの三十分でも結構ですから、どこかで待っていてくれませんか」

「今日は少し用事があるのです。またにしていただけません？」

　郁子は、順子がそう断ったのは、早くも川北局長からテレビ局のほうへ使いに行く連絡があったのだと思った。しかし、一方では順子が木内の申し込みを一応体よく外しているようにも思える。

「実は、こういう電話を社内からかけられないので、外に出て公衆電話からかけているのですよ。何んとか都合がつきませんか」

「今日はやっぱりお断りしますわ」

「じゃ、明日はどうです？」

　思い詰めたような木内の声だ。順子は返事をためらっていた。

「明日なら構わないでしょう。そう決めて下さい……」

「考えておきます」

「そうですか。とにかく、短い時間でいいのです。どうしてももう一度あなたと二人きりで逢いたいのです」

順子の返事がなかった。

「もしもし、分りましたね？」

「ええ」

小さな返事。

「じゃ、失礼」

「失礼しました」

郁子は、この二人が昨夜映画館に行っていることをやはり電話の傍受で知っていた。木内の声の調子では、彼のほうがどうやら順子に情熱を燃やしてきたらしい。

昨夜、あれから真直ぐ家に帰ったという言葉を分析すると、映画館を出た二人は暗い通りでも歩き回ったのではあるまいか。そのときの思い出が忘れられず、木内は順子にもう一歩踏み込むというつもりらしい。順子は昼間は局長と天ぷら屋に行き、夜は木内と映画館に行く。相当な女だと郁子は思った。

郁子はまた末広に電話をした。交換台から呼ぶぶんには誰も怪しまない。

「末広です」

「いま外の公衆電話から、木内さんが三沢さんに明日のデイトを申し込んでいたわ」

「そうですか」

末広の事務的な声。

「木内さんは昨夜映画の帰りに三沢さんと一緒に歩いたのがきっかけで、だいぶ熱が高いらしいわ。今夜も逢いたいと言ったら、三沢さんのほうで断ったから、もしかすると、さっきお報らせしたように、三沢さんは局長からテレビ局に行くように言いつかったのかもしれないわ。それだけお報らせしておきます」

「そうですか。どうもありがとう」末広は丁寧に答えて電話を切った。

郁子は、この末広と昨夜ある家で一ときを過している。これはまだ社内の誰にも分っていない。末広には妻も子もあるから、郁子はその恋愛が希望のある結末をもたらすとは思っていない。むしろ望みのない愛情に自分をつないでいるといったところだった。今となっては彼女のほうが末広から離れられないが、それも別な対象が出来れば、いつでも末広とは別れられると思っている。

要するに、彼女の気持として一ときも恋愛の空白があっては索漠としてやりきれないのである。彼女はこれまで三、四回の恋愛の経験があった。最後の恋愛が破れたとき末広が出てきた。しかし、それは正確に言うと恋愛でも何んでもない。

だが、独りでいるのは耐え切れなかった。絶えず異性に交渉を持つことで味気ない気持を紛らわしたかった。

交換台に坐っていると、まるで人間の裏表を見せつけられるようなものだった。威張っている幹部クラスに女からの電話がある。家族からの詰問もかかってくる。借金取りの催促もある——。

レシーバーには、そういう乾いた現実だけが言葉となってやり取りされている。すでに三十近い郁子のやりきれない気持に、その現実がさらに虚無感を与えていた。

テレビ局に末広が来たのは四時半ごろだった。久保直一が彼を迎えて局の中の喫茶室に連れ込んだ。

「どうした風の吹き回しか、珍しい人がやって来たな」

久保は末広を見て笑っている。

末広は、まず喫茶店のぐるりを見回し、若い女や男が屯《たむ》ろしているのを見て、

「やっぱりこっちは華やかだな。こういうタレントの女の子の顔を見るだけでも気分がいいだろう」

と、言った。

「はじめは珍しいが、もう飽き飽きしたわ」

久保はつまらなそうな顔をしている。

「君もここは長いな」

「すっかり社の幹部から忘れられてしもうた。もう、あかんわ。停年になるまで、こっちで埋草にされてるんや」

久保は日ごろから自分の不遇に不平満々だった。

「そうそう、そう言えば、君かて今度妙なことになったやないか」

末広が資料調査部長を外されたことを指している。

「ああ、思いがけないことになった。人間、どこに伏兵が潜んでいるか分らないもんだな」

「何ンや、その伏兵ちゅうのは？」

「まあ、おいおい話すよ」

「君ンとこのミスで整理部も巻き添えを喰《く》ったそうやな」

「そういうニュースは速く伝わるらしいね」

「そら速いわ。本社のことになると、こっちも神経過敏やさかいな。そうそう、そう言えば、昨夜、地方版の木内という若い男に遇ったぜ。あいつも地方版整理に回されたちゅうやないか？」

「ああ、川北局長は峻厳そのものだからな」

末広は皮肉な苦笑を洩らした。

「その木内いうたら、女の子を伴れたりなどして気晴らしをしておったわ。ぼくに遇うと、ちょっと体裁の悪い顔をしよったが、あれ、社の女の子かい？」

「どんな顔をしてた？」

「女のほうも体裁が悪いのか、ぼくの眼を避けるようにして横のほうに逸《そ》れていたが、ちょっと別嬪《べっぴん》のようやったな」

末広はそれが三沢順子だと思った。郁子が昨日木内の電話を傍受して教えてくれている。多分、映画館の帰りだろう。

「その女は、大体、見当がつくよ」

「やっぱりそうか。社内でも評判になってるのか？」

「いや、知ってる者はほとんどない」

「それを君だけどうして知ってるんや？」

こういうことになると、久保も興味津々《しんしん》というところを示す。

「それは、つい、この前までぼくの部下だったからな」

「調査部の女の子か？」

「そうだ。三沢順子というんだ。まもなくここに現れるよ」

末広は腕時計を見た。五時過ぎには専務のところに使いに来るはずだ。

「何ンやて、ここに来るって？」

久保は眼をむいている。

「丸橋さんのところに川北局長の使いで来るはずだ」

「へえ、何ンやさっぱり分らんな」

久保は末広の顔をみつめていた。

「いや、そのことで、実は君に内密な話があって来たんだがね」

「ふーん、面白そうやないか」

「ここで大丈夫か？　他人《ひと》に聞かれると拙い」

末広は改めて周りを見回した。

末広と久保との間にどのような話が交されたか分らない。——

3

とにかく、三沢順子は、川北編集局長からの頼みでテレビ局に丸橋専務への手紙を持って行くことを言いつかった。

これは、局長が秘書を使って順子を編集局長室に呼んで命じたのである。

「悪いが、先方に渡すだけで結構だから行って下さい。別に返事はいらないから」

局長は忙しそうにほかの書類を動かしながら順子に言いつけた。社が退《ひ》ける時間のすぐ前である。

順子は、この使いを奇妙に思わないではなかった。手紙をただ渡すだけなら、いくらでもほかに使いがいる。特に彼女を択んだ理由が分らなかった。

「この前、君はあの店で丸橋君に会っていますね。まるきり知らない使いが行くよりも、君のほうがいいと思った」

局長は、理由といえば、そんなことを言って微笑した。

順子が、かしこまりました、と言って退《さが》ろうとすると、局長はちらりと別室の秘

書のほうに眼を配って、

「君、今夜は何か用事があるかね？」

と、小さい声で訊いた。

「いいえ、別に」

言いかけたが、それではまたどこかに誘われるのを待っていたような気がして、

「ええ、用事がないことはございませんけれど」

と、言った。

「そうか。いや、よろしい」

それだけを頼む、と言って局長は順子を退らせた。

テレビ局は高台にある。順子が受付に専務への取り次ぎを頼むと、すぐに中に通された。応接室に行くまでの廊下には得体の知れない人がうろうろしている。若い女も子供もいた。技術関係のような人や、芸能記者らしい人間も歩いている。雑然としていて一つの色彩があるところは新聞社とは違った空気だった。

応接室で待っていると、すぐにこの前会った丸橋専務が顔を出した。

「やあ、先夜は」

専務のほうから気楽に挨拶した。

「これを局長さんからお預りして来ました」

順子が手紙を出すと、専務は、あ、そう、と言い、気軽に受け取って見ていた。

眼の前で封を切り、ざっと読んでいたが、

「よく分りましたと川北さんに言って下さい」

と、言うと、封筒と一緒にくしゃくしゃにしてポケットに入れた。

順子が、失礼します、と言いかけるのを、専務はにこにこして、

「まあ、いいじゃありませんか。お茶でも喫んでいらっしゃい」

と、引き止めた。

「ここでもいいが、こちらの喫茶室も珍しいでしょうから、そこへ移りましょう」

「でも、わたくしはもう結構ですから……」

「まあ、そう言わないで」

丸橋は順子を抑えるように、自分で先に立って廊下を案内した。

喫茶室はかなり広く、普通の喫茶店をやや粗末にした程度だった。ただ、高台なので、下町の夜景がガラス窓越しに見えている。灯が美しかった。

そこで給仕さんが紅茶とケーキとを運んで来てくれた。

「どうです、新聞社は面白いですか？」

丸橋は当り障りのないことから言いはじめた。

「まあ、なんですな、どこの職場でも面白いということはありませんな。ぼくらなんぞ途中で新聞社からおっぽり出されて、こういう馴れない仕事をさせられたんだが、初めはそれなりに新鮮でした。だが、もう、馴れるにしたがって雑駁《ざっぱく》という感じになりましたよ。すると、ふしぎなことに昔の新聞社のほうが新鮮に見えてきたから、やはり仕事というのは本質は散文的になっているんですね」

丸橋は紅茶を啜りながら、そんなことを言っていた。

順子は、この人が川北局長と同格だと知っているので気詰りを感じ、そろそろ帰ろうと思っている矢先に、別な人間がふらりとこのテーブルにやって来た。

「やあ」

丸橋はその男を見上げた。彼はもじゃもじゃした頭をした、三十四、五歳ぐらいの男で、痩《や》せた顔を丸橋にぺこりと下げた。

「君、ここにかけないか」

「構わないですか？」

その男は立ったまま順子のほうを見た。

「紹介しよう」

順子にその男の素性を言った。ここの制作部長とのことだった。

テーブルの位置のためか、丸橋は制作部長を順子の正面に坐らせた。

「あの、わたくし、これで」

恰度《ちょうど》いい機会だったので、順子が椅子から起《た》ち上がろうとすると、

「まあ、よろしいじゃありませんか」

と、制作部長が直々に言った。

「せっかくお目にかかったのだから、五、六分、お話していただけませんか」

どういう意味か分らなかったが、これはこういう場合の日常的な挨拶と取っていいのだろう。

順子は、そこで十分ぐらい坐らせられていた。

別に用事はない。会話はおもに丸橋専務から提供された。それに傍の痩せた制作部長が、ときどき口を出す。

内容も取り立てて言うほどのことはなかった。新聞社内の漫然とした噂、それも当り障りのないことに限られている。順子が席を起とうにも、その機会が与えられなかった。専務の話も次々とつづいて、それで、とか、それから、とかいう接続詞が入るので、話の途中腰を上げるわけにはいかなかった。

つづいて制作部長が順子に、あなたの郷里はどこかとか、ご両親は田舎にいらっしゃるのか、などと世間並みのことを訊いてくる。

二人の男が順子をそこに抑留したようなかたちだった。しかし、それもようやく切れ目を見つけて順子は思い切って起ち上がった。

「もし、あなたがよかったら、都合のよい日に食事でもしましょう」

専務は言った。

それは、この前川北局長から言われたテレビ入りの話に関連しているにちがいなかった。あのときははっきりと局長に、その意志のないことを断ってある。だから、今日は丸橋専務もそのことには一切ふれなかった。しかし、席を変えて他日食事をしようというのは、その話を持ち出すためかもしれない。

順子が喫茶店から出ると、専務も制作部長も廊下を一緒に見送ってくれた。断っても、先方は玄関までついて来る気なのだ。

すると、その途中で、髪の長い小肥りの男がパイプをくわえて正面から来るのに出遇った。

「あ、部長さん」

その男は制作部長のほうに顔を向けてものを言いかけた。どういうわけか、制作部長も丸橋もそれに足を停めたので、順子は一瞬ためらった。

このまま失礼しますと頭を下げて行くべきか、それとも玄関まで送って来るというのだから短い会話なら待つのが礼儀なのか、そんなことを迷っていると、立ち話はほんの五、六秒で済んだ。パイプをくわえた男は順子に目礼してそそくさと行き過ぎた。

「あれがうちの優秀なプロデューサーです」

制作部長が順子に説明した。彼がいかに優秀であるかを数々の立派なテレビ作品を制作したことで告げ、その中には最高の賞を貰《もら》ったものもある、と自慢そうに言っていた。

「河村潤という名ですがね」

その名前なら、順子も週刊誌か新聞紙上かで見たことがある。しかし、どのような人に会おうと、今の彼女には興味がなかった。

玄関に出て最後の挨拶を交そうとしたとき、明るいヘッドライトが消えて、着いたばかりの車から一人の女が出て来た。

「あら」

先方から順子に声をかけた。

「順子じゃないの？」

玄関の照明の中で浮んだ顔は三原真佐子だった。白っぽい地味なスーツを着ている。

「あら」

順子も思いがけない出遇《であ》いにおどろいていると、丸橋専務がいち早く真佐子に、

「いらっしゃい」

と、声をかけた。

「今晩は」

真佐子は馴れた挨拶をして、

「電話があったものだから、さっそく来ましたわ。珍しいわね、お呼び出しを受けるなんて」

と、制作部長にも目礼し、にこにこしていた。

「少し君に頼みたいことがあってね」

「何んですの？」

「いや、それを話そうと思ったら、あいにく八時から会議がはじまることになった。弱ったな」

「急ぎます？」

「会議のほうも君のほうも、両方急ぐ。……そうだ、山田君と一緒に君の店で待っていてくれないか」

「飲ませてもらえるんですか。そりゃありがたいな」

山田という制作部長が横合からへらへらと笑った。

「そうだ、順子さんもどうです？　あんたの友達だし、一緒に真佐子さんの店で遊んで行っては？」

真佐子はその言葉に乗り気になって、

「恰度《ちょうど》いいじゃないの。ぜひそうしなさいよ」

と、順子にすすめはじめた。

順子はつい真佐子の誘いに心が動いた。いつも親切に自分のことを考えてくれている友達である。ほかに親身になってくれる友人がいないので、彼女と話をするときは愉しさが出てくる。

もう一つは、木内が次第に彼女の心に重い存在となってきていた。このことも機会があれば真佐子に相談したいと思っている。順子に較べると、こと男に関する経験では雲泥の相違である。真佐子に何かいい解決方法があるかもしれない。順子としては今のところ別に木内に心を惹《ひ》かれているわけではない。ただ、彼とはさらりとして遠ざかりたかった。そんないい方法も真佐子なら知っているかもしれない。

「じゃ、あとで」

丸橋は三人の乗った車に手をあげていた。

「順子、一体、どうしてあんなところに行ったの？」

車の中で真佐子が訊いた。

「いや、それはね、新聞社の川北局長さんから、うちの丸橋に手紙の連絡を頼まれたんですよ」

横から山田制作部長が口を入れた。

「あら、そう」

真佐子はうなずいたが、一瞬、疑わしげな眼を順子の横顔に向けた。

「今からナイト・クラブに行ってもがら空きでしょうな」

山田が言った。

「ええ、まだお客さまもまばらだわ。その代り順子とはゆっくり話ができるわね」

順子はうなずいたが、どうも横に山田がいるので思う通りに話せない。おそらく、店に行っても、彼はテーブルに酒を呑《の》みながら陣取っているにちがいなかった。

あとで丸橋が来るということだが、順子はその前に帰るつもりにしている。

「丸橋さんが来るなら、川北さんも来るかもしれないわね」

真佐子がふいと呟《つぶや》いた。それが順子に聞かせるような言葉に聞えた。

第五章「怪　物」

1

　自動車は赤坂のほうへ進んで行く。しかし、途中の混雑で容易に前に進まなかった。少し走ってはすぐにまた停る。大事な交差点では信号に引っかかって車の列が延々とつづいている。

「これじゃ、どうしようもない」

　山田が窓から首を出して前のほうを見ている。

「山田さん、そんなに急ぐことはないでしょう、どうせ遊びなんだから」

　真佐子がテレビの制作部長をからかうように言った。

「それは、まあそうだが」

山田は眼をくしゃくしゃにしてパイプをくわえている。

「しかし、ぼくはせっかちのほうですからね。こんなに車が前に進まないと、いらいらしてくるんですよ」

「でも、いいじゃない？　横に順子がいるんだから」

「そうですな」

山田は照れくさそうに眼を笑わせていた。

「ねえ、順子。あの問題すっかり片付いたの？」

真佐子が訊《き》いた。

「ええ、まだすっきりしないんだけど」

順子は眼を伏せて答えた。

「でも、川北さんがあんたに好意を持っているからいいんじゃない？」

「へえ、川北さんが順子さんに興味があるんですか？」

横から山田が眼を輝やかせた。

「いやね、山田さんはすぐそれだから。変な意味の好意じゃないわ。誤解しないでよ」

「はい」

山田は首をすくめた。

「ね、順子。よそから聞いた話だけど、あんたの社、あんまりパッとしないんだってね？」

「ええ」

順子が答えるときに車がやっと動いた。

「それは本当なの？」

「よく分らないわ。そんなことは案外、外部の人がよく知っているのね。どういうことなの、教えて？」

「噂《うわさ》だから本当かどうか分らないけれど、相当赤字が出ているそうじゃないの？」

その噂はもちろん順子も知っている。社内でも囁《ささや》かれていることだった。銀行の借入金が六十億近くであるとか、社長が無理して町の金融から金を借りているとか、さまざまなことが言われている。

そういえば、近ごろは社内の節約が一段と厳しくなってきた。以前から無駄を省けと言われてきたが、このごろは鉛筆一本でも庶務からうるさく言われている。

接待費を節約するために社用の宴会もなくなって、高級社員はそのため愚痴をこぼしていた。

政治部や社会部では、タクシー会社に払う金を節約するために自由に車が使えなくなっている。

（こんな馬鹿《ばか》なことがあるか。他の社はどんなチンピラの記者でも車を乗り回しているのに、いいベテランがてくてくと地下鉄やバス利用だからな）

と、呟く古い社員がいた。

（紙が出ない出ないと言っても、これじゃいい記事が書けるはずがないから、いよいよ紙は出なくなるよ）

そんなことを言う社員がいる。

しかし、とにかく新聞社としては伝統があるし、一流に伍《ご》してきた存在だった。急にどうということはないと順子は思っていたが、外の噂がそれほど高いとなると、かなり悪いところまできているのだろうか。

川北局長が編集局の引き緊《し》めをしているのも、その一環かもしれない。

「なんだそうだな、R新聞を海野辰平が買収するという噂があるが、どうかな？」

山田が言った。

「あら、海野さんだったら、あんたのところの社長さんじゃないの？」

真佐子が声をあげた。

「そうなんだよ。なかなかやるよ」

彼の所属しているテレビ会社は、R新聞社と、海野辰平が別に経営しているG新聞社との共同資本になっている。

会社が出来る時に、R新聞社だけの資本では弱体なので、海野が半分資本を出したかたちになっていた。だから、そのテレビ局は、R新聞社系と、G新聞社系の出向社員で幹部が構成されている。

海野のG新聞というのは古くからあった新聞だが、これが経営不振に陥り、途中から海野がそれを引き受けた。彼はもともと製紙会社で鍛えあげた男だが、いわゆる文化人肌のところがあり、マスコミにひどく興味を持っていた。

G新聞を買収した海野は、彼一流の経営方針で、見る見るうちにそれを再建して軌道に乗せてきた。販売方法も彼なりのやり方で強引に押しまくってきたから、相当な成績をあげて業界をおどろかした。

もともと海野辰平は財界の「怪物」として知られ、彼がG新聞に乗り込むときも業界では大騒ぎしたものだ。ただ、海野の編集方針は、かなり徹底した国家主義観の上に立っていた。

「日本の新聞は弱腰だ。それというのが、変に進歩的中立性を守ってインテリに好かれようとしているから、腰がふらふらしている。新聞はいろいろあっていいわけだから、その中に一つぐらいは、はっきりとした民族本位の主張を打ち出す新聞があってもいい」

海野辰平は、そういう主張を公然と述べていた。

もともと彼は政界方面とも相当なつながりがあると噂されていた。だから、中には海野のG新聞買収は保守党系のマスコミによる巻き返しだと評する者がいる。今度、R新聞の経営不振に乗じて海野がそれまで手に入れようとするなら、さらに彼のマスコミ攻勢は一段と進むわけである。

ところで、順子のいるR新聞は、現在の社長になってから意識的に保守化してきていた。だから、ちょっと見ると、海野辰平の主張と非常によく似ている。それで、合併という名により買収も容易であるように思われている。

巷間《こうかん》ではすでに先例によって新しい新聞の紙名まで当てる者があって、G新聞とR新聞のそれぞれの頭をくっ付けて出すだろうというのだ。だが、先例といっても、両方の社名の頭を接合したその新聞は、すでに買収した新聞の元通りの単一名に戻っている。つまり、弱いほうがいつも負けなのである。

だが、こういうことは順子の知識にはない。

車はようやく赤坂のナイト・クラブの前に着いた。

真佐子が着更えの支度をするため引っ込んだだけで、順子と山田とはまだがらんとした客席に着いた。テーブルには客がまばらにしか坐《すわ》っていない。バンドも気乗りのない演奏をしていた。

「何を飲みます?」

山田は社用で飲めるので躁《はしや》いでいた。順子がアルコールは駄目だと言うと、それでは非常にうすいジンフィーズはどうですか、と言い、自分でボーイに頼んでいた。

「いま車の中で聞いた話をどう思います?」

山田はパイプをグラスと交互に口に当てていた。

「新聞社の経営のことですか。よく分りませんの」

実際、そんなことは順子にはどちらでもいいと思っている。どうせ永く勤めようとは思っていない。

しかし、男の社員は大へんだろうと思った。彼らは家族ぐるみ全生活をそれに賭《か》けている。合併が進めば、当然、人員の整理問題が起る。社員たちがその噂で落ち着かないのは無理はなかった。

ところで、R新聞社の現社長は、そういう海野辰平の攻勢には毅然《きぜん》として拒否の態度をとっているといわれている。現社長が四苦八苦して金融に奔走しているのも、海野に社を乗っ取られないための工作だった。

そのことに海野が反発してか、彼は業界紙で、

「R新聞社などには興味がないよ」

と、語っている。

とにかく、こういうことでR新聞社の社員たちは落ち着かない。

「うちもだんだん海野社長の発言が強くなって、R新聞社から出向している社員の人も気の毒なくらい気をつかっていますね」

酒を飲みながら、山田はそんなことを言った。

そういう話を聞くと、川北局長も、テレビにいる丸橋専務も、何となく順子には影がうすく見える。専務といっても、海野にかかっては丸橋の位置は空に等しいのかもしれない。

だが、険しい雰囲気の中で、川北や丸橋がこういうクラブに遊んでいる気持はどうなのだろうか。

山田を相手に話しているときに、その丸橋専務がボーイに案内されてきた。

「やあ、どうも遅くなって済みません」

丸橋は山田があけた順子の隣の椅子《いす》に坐った。

「まだ早いようですな」

と、あたりの客の様子を眺め、

「川北さんはまだ来ませんか？」

と、言った。

「まだのようです。専務が早く見えないので、ぼく一人では三沢さんとの話が持ち切れなかったですよ」

山田が媚《こび》るように言った。

「真佐子さんはどうした？」

そういえば、真佐子は一度だけここの席に着いて、あとはまた引っ込んだままだった。

順子は、なぜ、自分がこんなところに呼ばれたか理由《わけ》が分らない。真佐子の言葉で彼女との話をたのしみに来たのだが、肝心の本人が居ないし、どうやら客も次第に詰めかけて来たようだから、帰るつもりになった。

「まあ、いいじゃありませんか」

山田が横から言った。

「そのうち川北さんも見えますよ」

しかし、川北には用事がなかった。そのときボーイが来て、順子に小さな紙を握らせた。

あけてみると、真佐子からのメモだった。《もう少し待っていて下さい》とあった。

順子はあたりを見回したが、真佐子の姿は分らなかった。もっとも、場所も広いし、この暗さではどこに誰《だれ》が居るやら見当がつかない。

「やあ、どうも」

川北がのっそりと現れた。

「大分やってるな」

川北はホールに眼を投げて、運ばれてきた水割に口をつけた。

「どうだね、三沢君。こんなところも案外面白いだろう？」

「それが、局長が見えないので、いま帰ろうとされていたところです」

山田がまたパイプを放してよけいな口を利いた。

順子は真佐子を待った。彼女さえ来てくれれば、きりをつけて帰るつもりだった。

ここに残っていても興味はない。それに、川北や丸橋と居ると、だんだん自分が浮き上がってくる。

「少し誰か呼ぼうかな」

「賛成ですね」

山田がすかさず言った。

川北がホステスを呼ぶため眼でボーイを捜していたが、ふいと彼の表情が変った。

彼はひどく真剣な顔つきで客席の一隅に眼を凝らしている。

2

川北局長は客席の一隅に移した眼をこちらに戻すと、黙って席を起《た》った。

誰もが彼の行動を気に留めなかった。局長は手洗にでも立ったように思われた。

「三沢さんは踊れるんでしょう?」

山田がのぞきこんで言った。

「いいえ、駄目ですわ」

順子は首を振った。

「ご謙遜《けんそん》でしょう。ゆっくりした踊りならかまわないでしょう。丸橋さんと、どうです？」

山田は半分椅子から腰を浮かして丸橋をけしかけている。

「ほんとに駄目なんですの」

順子は断った。川北が席に戻ったら、今度こそほんとに帰るつもりだった。

だが、その川北はなかなか席に戻らない。それに、真佐子から来たメモのこともあった。落ち着かない気持でいると、

「川北君は遅いな」

と、テレビ局の丸橋専務が呟《つぶや》いた。

実際、もう十分以上経《た》っている。

山田はその言葉につられて捜すようにあたりを見回していたが、彼の眼があるところでぴたりと止まった。恰度《ちょうど》、さっき川北局長が視線を止めたのと同じ位置だった。

「専務」

山田は小さな声で丸橋に言った。

「思いがけない人が来ていますよ」

丸橋が振り向うとするのを、山田は彼の肘《ひじ》をついて抑え、

「今見ないほうがいいです」

と注意した。

「誰が来てるんだね？」

丸橋は低く訊き返した。

「社長です」

「なに、海野さんが？」

さすがに丸橋の顔が緊張した。

「誰と来ているのだ？」

「客は誰だか分りませんが、ぼくの知らない顔です。相当年配のようですね。役人かも分りません。……赤坂だか新橋だか知りませんが、女の子を連れて来ています」

「宴会の帰りだな？」

「そのようですね。ところが、専務、その席に川北さんが行っていますよ」

「なに、川北君が？」

丸橋はびっくりしている。

その表情がたちまち険悪になった。むろん、川北が黙って海野の席に行ったことを心外に思っている表情だ。

「今までは気がつきませんでしたが、川北さんがあの席に行っている以上、専務がここに来ていることを海野社長も知っていますよ」

山田がささやいた。

「よろしい。あとで行く」

急に興冷《ざ》めた顔だった。丸橋は煙草《たばこ》を吹かしはじめた。

察するところ、丸橋は川北が抜け駆けで海野辰平のところに行ったのを不満に思っているのだった。海野はもとより丸橋のテレビ会社の社長である。これは挨拶《あいさつ》しないわけにはゆかないが、すぐにそこに行かないのも川北のやり方が気に障ったものらしい。

もともと、川北はそういう政治的な行動には敏捷《びんしょう》だった。

外部の噂では、海野辰平が新聞社を買収しようとしていると伝えている。その真偽はともかくとして、川北局長が自社の社長と仲の悪い海野の席に、丸橋を出し抜いて挨拶に行ったのは、やはり彼自身の将来を考えているためかもしれなかった。

——順子は、丸橋と山田とのささやきが微《かす》かに耳に入ったり、二人の表情を見たりしているうち、おぼろだが、そんなふうに想像した。

帰るのには恰度《ちょうど》いい機会である。川北がここに戻らなくとも失礼するつもりでいると、向うからボーイが歩いて来た。

「あの、あちらのお客さまがみなさんに、どうぞご一緒にして頂きたいということでございますが」

「あちらのお客さま」が海野辰平であることは言うまでもない。川北から丸橋が来合わせていることを聞いた海野が招いたのだろう。

丸橋には海野が社長である以上拒みようはなかった。山田がいそいそとその申し込みに浮き立って、

「専務、じゃ、参りましょうか」

と、自分から腰を浮かした。

「あの、わたくし、これで失礼します」

順子は起って頭を下げた。

「そうですか」

丸橋は順子の顔を名残惜しそうに見て、

「しかし、川北君もひどいな。黙って向うに行くんだからな」

と、非難した。

「いいえ、お忙しいんですから、わたくしなど結構ですわ」

順子はお辞儀をして客席の間を通り、フロントのほうに歩いた。

山田が、ちょっとちょっと、と言いながら追ってくる。

「丸橋さんの言いつけで出口までお送りしますよ」

「あら、いいんですの」

「まあ、そうおっしゃらずに」

二人で歩き出してから、山田が例のパイプをくわえながら、

「川北さんもなかなかやるなア」

と、呟いて、

「丸橋さんはご機嫌がすっかり悪くなりましたね」

しかし、順子にはその意味が分らない。

フロントの明るい灯のあるところを通って、出口までのうす暗い長い廊下を歩いた。

「三沢さんにはああいう駆引が分らないでしょう？」

山田が言った。

「よく分りませんわ」

順子が答えると、

「いや、上のほうは上のほうでいろいろと苦労があるもんですな。今の丸橋さんですが、あれは宙に浮いてるんですよ。はじめ、このテレビ局が出来たとき、R新聞社からの共同出資ということだったが、だんだんにRのほうが資金的にいけなくなった。そのぶんだけ海野社長の発言力が強くなったのです。いや、逆に言うと、社長の実力がR社の資本を駆逐しつつあるんですね。だから、R社の代表として入ってきた丸橋さんは、いずれ、その位置を追われることになるでしょうな」

制作部長という位置にいる山田は、そう面白そうに話した。だが、その山田は一体どっちのほうについているのか。

とにかく、山田の説明で、川北の行動を丸橋が不愉快がっている理由が今度ははっきりとのみこめた。

いよいよ出口で山田と別れようとするとき、うしろから真佐子が追って来た。

「順子、いま帰ることはないわ」

真佐子は駆けて来たのか息を弾ませている。

「だってあなたともお話ができないし、これで帰るわ」

「ご免なさい。でも、メモに書いておいたでしょ。ちょっと面白い人生断面図が見られるか分らないから。そうねえ、あと三十分でもいいから、わたくしと一緒に来てよ」

真佐子があまりすすめるので、順子も不承不承に従った。それがまさか海野辰平のテーブルとは思ってもみなかった。

「山田さんもどうぞ」

真佐子がついでに横に立っている彼に言った。

「お邪魔じゃないんですか？」

山田はニヤニヤして一緒に戻った。

再びホールに入ると、真佐子が順子を案内したのは多勢女のいる賑《にぎ》やかなテーブルだった。まん中に半白の、がっちりとした体格の男が坐っている。五十六、七と思われる眉《まゆ》の太い、造作の大きな顔で、いかにも精力的な感じだった。順子は、自分の仕事で始終写真の整理をしているから、それが海野辰平とすぐに分った。この人の保存写真は、もう百枚以上溜《たま》っている。

客が一人いたが、この顔は彼女の記憶にはなかった。新聞社の写真の整理函《ばこ》にはないのである。

順子がためらっていると、川北が椅子からさっと起って来て、

「さあ、その辺に坐って下さい」

と、片手で軽く押した。

「知っているだろう。海野社長さんだ。ぼくらのテーブルごとそっくり呼んで下さったのに君が帰りかけたので、ちょっと気にかけておられる。少しでいいから坐んなさい」

と、その辺の椅子に順子を落ち着けさせようとした。

ほかの女の子も、客だから丁寧に順子を迎えた。

「真佐子」

造作の大きな顔の男はほの明るいスタンドに横顔を浮かせて、

「君の友達だって?」

と、訊いている。

「ええ、そうですわ」

真佐子は微笑で海野に答えた。

「ほう、なかなか美人じゃないか」

「あんまり揶揄《からか》わないで下さい。ここのホステスと違うんですから」

「なるほど。それは失礼」

と、眼を順子に移して、

「川北君の社におられるそうですね？」

と、真面目《まじめ》な口調で言った。

「はい」

順子は坐ったまま簡単に頭を下げた。

「いや、優秀な女子社員でしてね、わが社でも大事にしているのです。出身学校は……」

川北は海野にぺらぺらと話しだした。海野の客の年配の男は微笑しながら聞いている。

しかし、この席に加わった丸橋はあまり表情を見せない。これは黙ってグラスを口に運んでいる。ときどき海野を無視するように横のホステスと私語を交していた。

順子は、自分のことを得々としゃべっている川北局長がまるで別人のように思えた。いうなれば、社長の前の平社員の態度だった。それも阿諛《あゆ》と迎合に満ちたものだ。

これが社内で峻厳《しゅんげん》をもって鳴る編集局長と同一人であろうか。

順子は、真佐子を通じて川北を知るようになってから、だんだん編集局長のイメージと離れてくるのを感じていたが、ここではそれが極端になっていた。始終顔に諂《へつら》いを泛《うか》べ、海野に興味を持たせようとして身振りを交えて話している。

順子は赧《あか》くなった。自分のことを紹介されて恥しいのではない。自社の編集局長の態度が見るに耐えないのだ。

もちろん、川北は酒が入っている。また、この場の浮わついた雰囲気にいくらか同化されているのだが、ただそれだけではなかった。さっき山田から聞いた話が本当なら、川北はR新聞社に見切りをつけて、早くも海野辰平の気に入られようとしているのではなかろうか。順子のことを言っているのは、なにも特に海野の興味をひこうというのではなく、その場の座談にすぎなかった。

「ああ、そう」

もとより海野は上の空で聞き、順子に眼を走らせただけだ。

「まあ、ときどきテレビのほうにも遊びに来て下さい」

これも当座の挨拶である。

だが、そのあと、海野は傍らで女の子と話している丸橋のほうに急に向いて、

「なあ、丸橋君」

と、誘いを求めた。

「はあ」

丸橋はわれに返ったように、

「そうですね。今日もそう言って三沢君にすすめていたところです」

と、応じた。丸橋は私語しているようでも、ちゃんと片方の耳ではこの場の会話を捉《とら》えているのだ。

「三沢君、社長がああおっしゃるのだ。ありがたいことだね」

と、川北局長のほうは眼を細めている。

順子は虫酸《むしず》が走ってきた。

これまで雲の上の存在と思っていた川北局長が世にもくだらない男に見えてきた。R新聞社で高給を食《は》んでいながら、早くも自己の転身を考えているのである。

先ほどからすすめられた酒の酔も出ていた。順子は頭が熱くなっていた。

海野辰平は美女たちに囲まれて機嫌がよかった。傍にいる年輩の人に何かと気を遣《つか》っているのは、その人がかなり大事な存在だからであろう。山田の言うように役人だとすると、テレビ局に関係の深い役所の人かもしれない。

テレビ界ではいま新しいチャンネルを狙《ねら》って激甚な競争が行われている。その許可、認可の権利は監督官庁が握っている。したがって、そういう方面の役人に対して業者が低姿勢なのは当然だった。剛腹で鳴る海野社長もさすがに役人には気を遣っているとみえる。

ところで、もし、その人が役人だとすると、彼もまた海野社長に遠慮している様子があった。相当な年配だから、地位からいってもかなり上位の人であろう。また、そういうクラスでないと海野社長も相手にはしない。その高級役人が海野社長にかえって迎合的なところが見えるのは、両者の間の微妙さを語っている。海野社長が宴会の席から芸者衆を引き連れて来たのも彼自身の好みからではなく、客への接待の意味がありそうだった。

ところが、川北局長は海野社長に諂《へつら》っていると同時に、その客にも如才《じよさい》がない。むろん、そのことも海野への阿諛《あゆ》だが、順子から見て川北がいよいよ情ない男に映ってきた。新聞社と役人とは何らの関係もない。しかも、川北は編集局長で、経営者でも何でもないのだ。いわば、新聞の独立性を最も主張できる立場の人が、まるで幇間的《ほうかんてき》な態度になり下っている。

川北が丸橋をさしおいて黙って海野のテーブルに来たのも、おそらく、海野と丸橋とのしっくりいかない仲を考えた動作に違いない。川北としては自分の将来を考えて、この際海野の気に入られようとするなら、あまり丸橋と昵懇《じっこん》なところを海野に見せてはならないのだ。

丸橋は遠からず海野体制が完全に確立した場合、そのテレビ会社から追放されることを覚悟している。といって、いま転落の途中にある新聞社に戻るのも困難なことだ。新生活を求めるなら、それ以外の世界でなければならない。言いかえると、丸橋はも早海野の機嫌を取るだけの気力もないし、たとえ努力したところで効果のないことを知っている。海野に対しては彼は捨鉢なのだ。

そういう丸橋と一緒にされては、川北も海野の手前甚だ困却するのであろう。

順子は、ここで真佐子が言った「面白いこと」「人生の断面図」などの意味が分った。ここには男の世界の二つの典型がはしなくも絡み合っている。上り坂にある海野社長、それと権力を持っている役人との絡み合い、さらには自己の将来を考えて早くも事前運動をしている川北局長、すべてに絶望している丸橋専務――これが仄暗《ほのぐら》いスタンドの光と、騒がしいバンドの音楽と、そして贅沢《ぜいたく》な酒の香りとの中に静かに繰りひろげられている。

「どうだね、川北君、君のところの社長は元気かい？」

海野は太い眉の下の眼を笑わせた。たっぷりとした自信が、その微笑に溢《あふ》れている。R新聞社の社長は海野に抵抗しているが、海野からすると、それも儚《はかな》い努力だと言わぬばかりだ。いずれはR新聞は自分のものだという余裕が、そのゆったりとした態度に顕《あらわ》れている。

元気か、と相手の様子を訊いたのは、経営不振の新聞社を抱えて悪戦苦闘している社長を嗤《わら》っているのだった。

「なんですか、あんまり顔色がよくありませんね」

川北が同調して答えた。

「そうかね、運動が足りないんじゃないか。そういえば、最近はゴルフにもあんまり社長が出てこなくなったそうだな」

海野はグラスを舐《な》めながら言った。

「いや、ゴルフどころじゃありませんよ。金繰りで走り回っていますから、まあ、運動不足ということはないですな」

「なるほど。それじゃ、顔色の悪いのは別な生理的な現象かな？」

「おっしゃる通りです。人間、金が無いくらい辛《つら》いことはありませんからな」

川北は平然として調子を合わせていた。

これが自社の社長に対する言葉であろうか。まるで競争会社の人間が相手会社の社長を批判しているような言葉であった。川北の心はすでに没落を予想されたR新聞社から離れている。そして、すでに自分を海野社長に売り込むことで懸命であった。

順子は怒りがこみ上がってきた。編集局長の日ごろの態度からして卑怯《ひきよう》といわなければならない。

順子はふらふらと席を起った。自分でも酔っているなという意識があったが、動作が理性を遮断《しやだん》していた。彼女はテーブルのビール瓶を取ると、海野社長の椅子のうしろに回った。

この動作は誰もがあまり気をつけて見ていなかった。それぞれが女たちと話を交していたし、うす暗い場所でもある。順子は持ったビール瓶を逆さまにして海野社長の頭の上に振り翳《かざ》した。ビールは社長の髪に水道のように流れ落ち、頭から肩にかけて泡が湧《わ》き立った。

3

はじめ、その現象に誰も気がつかなかった。

というのは、海野辰平は頭からビールを浴びても声一つ立てず、椅子にかけたまま身動きもしなかったからだ。

彼のうしろに誰やら女の子が立ったとは分ったが、その女がまさか瓶を逆さまにして花まつりのお釈迦《しゃか》さまのように社長の頭からビールを注ぐとは想像も及ばなかった。

やっと分ったのは、海野社長の髪や肩に白い泡が吹いているのが眼に入ってからだ。

「あら」

一人の女の子が言った。

「社長さん、どうなすったの？」

その声に川北局長も、丸橋専務も、山田制作部長もひょいと海野のほうを見た。

だが、誰もすぐにその事態を理解する者はなかった。すでにそのときは順子の姿はなかった。

「あら」

女の子が叫んだ。これは真相を知った驚愕《きょうがく》である。同時に一同もはじめて気がついた。

「おう」

川北が椅子を蹴立《けた》てて腰を浮し、

「社長、どうしたんです？」

と、叫んだ。

気がついたものの、あまりのことに一同は茫然《ぼうぜん》となっている。

「ハンカチをくれ」

海野社長は低く言った。落ち着いた声だ。

泰然としている。身動き一つしない。恰度《ちょうど》、卓上のコップが倒れた程度である。

これは、まるで舞台の名優がいかなる不意の出来事にも動じないのと似ていた。絶えず自分がみなの上に君臨して、注目されているという意識だ。騒いではみっともないというよりも、超然としたポーズをどこまでも崩さない習性なのである。それには貴族的な誇りと虚栄とがあった。

「おい、拭《ふ》くものだ。早く早く」

川北が女たちに喚《わめ》いた。

われに返った芸者やホステスも暴風が吹いたように乱れて動き出した。二、三人がハンカチを出し合って、それぞれが海野社長の頭、顔、首、肩などの洋服を拭《ぬぐ》っている。川北もあわてて自分のハンカチで社長の胸のほうを押えていた。

ボーイがこの体を見て二、三人駆けてきた。蝶《ちよう》ネクタイのマネージャーも飛んでくる。このテーブルを中心に時ならぬ騒ぎが起った。ただ、周囲のテーブルを意識して大きな声がないだけである。

「社長、どうしたんです？　だれがこんな失礼なことを……」

川北は言いかけたが、そこに順子の居ないことに気がつき、さらに社長のうしろに足を止めていたのが彼女だったと分ると、彼は気の毒なくらい狼狽《ろうばい》した。

「社長、まさかここに居た女が？」

川北は喘《あえ》いだ。

「そうだ、彼女だよ」

海野はみなに濡《ぬ》れた個所を拭かせながらうす笑いしていた。

「え、では、やっぱり……」

川北は絶望的に叫んだ。彼は人前がなかったら、赤い絨毯《じゅうたん》の上に崩れ落ちてひざまずきかねなかった。

「申し訳ございません。とんだことをいたしまして……きっと厳重に処分をいたしますから、どうかお赦しを願います」

「いいんだよ、君」

海野は平気で言った。

「あの子も酔っ払ってたからな。何かの発作で急に悪戯《いたずら》がしてみたかったんだろう」

「ありがとうございます。社長、どう言ってお詫《わ》びしてよいか分りません。ありがとうございます」

川北はおろおろ声を出していた。

「川北君」

「はい」

「あの子、君のところの社員だったね？」

「はあ、そうでございます。どうもとんだのを連れて来ましまして……」

「いや、いいんだ。あんまり叱《しか》るなよ」

「はあ」

川北は感動し、しきりと拭いていたが、

「社長、とにかく、お洋服を」

と、うしろからそれを脱がせかけ、

「おい、何をぼやぼやしてるんだ。早く上衣《うわぎ》を乾かすようにしないか」

と、ボーイを叱りつけた。

「はい」

ボーイがあわてて川北の横に来る。

「君のところにもアイロンがあるんだろう。すぐに乾くようにしてくれ」

「いや、いいんだよ、川北君」

海野は制し、そのまま手を伸ばして煙草をくわえた。横の芸者がライターを鳴らす。

「上衣を脱ぐなんてみっともない。帰ってすぐに着更えるよ」

「しかし……」

「いや、いいんだ」

少し邪慳《じやけん》に言い、横でまだ肩を拭いているマネージャーに、

「勘定してくれ」

と、静かに命じた。

丸橋も川北に手伝って海野の背中にハンカチを当てていたが、これはそれほど熱心ではない。山田は床にしゃがんで、海野のズボンの裾《すそ》や靴をもそもそと拭いていた。


真佐子はマンションに帰った。タクシーを降りて、深夜の階段を上ってゆく。一時半を過ぎている。むろん、どの部屋も灯を消して静まっていた。

コンクリートの階段をこつこつと上った。三階の廊下を歩く。天井にぼんやりとうす暗い明りが点《つ》いている。彼女はハンドバッグから鍵《かぎ》を取り出してドアに差し込んだとき、ふと人の気配を感じて眼を横に向けた。

うす暗いところに仄白《ほのじろ》いものが立っている。真佐子は視線をこらした。

その人間のかたちが少し動いた。真佐子はのぞきこんで、

「順子じゃないの？」

と、声をかけた。

暗いところで顔がうなずいた。真佐子は鍵をそのままにして順子のところに近づ

いた。順子は壁際に沿ってしょんぼりとうなだれている。

「どうしたの、順子？」

肩に手をかけて、

「待っていたのね。いつごろから来てたの？」

と、訊いた。順子に返事がなかった。

「そう、あれから直ぐなのね。じゃ、三時間近く待っててくれたの。さあ、お入りなさい」

真佐子は順子の肩を押して、素早く鍵をあけ、順子を押しやるようにドアの内に入れた。

部屋の灯を点けると、順子の蒼白《あおじろ》い顔が眩《まぶ》しい光に照らし出された。

真佐子は靴を脱ぎ、

「さあ、あんたも早く楽にしなさい」

と、立っている彼女からハンドバッグを奪うように取ってクッションにほうり、その手を引いた。

「どうしたのよ？」

真佐子はわざと笑いながら、順子を自分の横に坐らせた。

順子は眼を伏せ、唇を、嚙《か》んでいる。

「何か飲まない？」

順子は首を振った。

真佐子は片隅にある洋酒の棚からウイスキーを取り出し、二つのコップに注《つ》いでミネラルでうすめた。

それを順子の前に置いてやり、

「さあ、気つけ薬よ」

と、コップを握らせた。真佐子が先に飲んだので、順子も、口をつけた。

「あんたを見直したわ」真佐子は笑い出した。「あんな勇気があるとは思わなかったわ。わたしだってあっと思ったわ。とてもあんたの真似《まね》はできない」

順子は眼を伏せている。酒のせいか、蒼白い顔に血の色が蘇《よみがえ》ってきていた。

「痛快だったわ。天下の海野辰平に頭からビールを浴びせたのは、あんた一人ぐらいよ。わたし、店から帰るときもひとりで笑っちゃった」

「あれからどうなったの？」

順子は初めて訊いた。

「自分で騒動を起しておいて、あれからどうなったかもないもんだわ。ねえ、どうしてあんなことをする気になったの？」

真佐子は、順子の横顔をじっと見た。

「つい、そんな気分になったの」

順子は低く答えた。

「へえ。じゃ、海野さんには別に恨みも何もないわけね？」

「だって初めて遇《あ》った方ですもの」

「そうだったわね。……じゃ、順子は酔っ払うと、一ばん偉い人にあんなことをする癖があるの？」

「よく分らないけれど、なんだかむしゃくしゃして来たの」

「ああ、分った」真佐子は言った。「川北さんがあんまりチヤホヤするので、つい、むかむかして来たのね？」

順子は微かにうなずいた。

「分るわ。でも、川北さんにビールを浴びせないで、海野さんにそれをしたところが痛快だわ」

「川北さん、どうしてた？」

「あれから大騒動よ。川北さんは顔色を失って、見るも気の毒なくらいあわててわ。海野さんの前で平身低頭し、恐縮しきって、濡れた上衣を拭くやら、お詫びをするやら、見ていられなかったわ」

「そう。……悪かったわね」

「わざわざやっておいて、あとで悪かったもないけれど、順子の気持は共感できるわ。むろん、順子はあんなことをしたあとだから、新聞社を辞めるつもりなのね？」

「ええ。こちらから辞める前に向うから馘首《くび》だわ」

「でも、海野さんはあんたの会社の社長じゃないし、川北さんの上役でもないわ。ただのお客じゃないの。理屈からいったら、馘首になる道理はないわ」

「でも、川北さんには海野さんが現在の社長よりも大事だってことがあの場で分ったわ。会社ではあんなふうに規律をやかましく言い、わたしのちょっとしたミスでも責任者を処罰した人が、海野さんの前ではおべっかばかり使ってるのを見たら、思わずかっとなったの。それを川北さんに当るよりも、川北さんが一ばん大切にしている海野さんにやったほうがよけいに彼にこたえると思ったからよ」

「効果百パーセントね。おかげで川北さんもすっかり悄気《しょげ》返っていたわ。……でも、あんたが辞める道理はないわ。頑張ってよ。わたしもできるだけ応援するわ」

「応援？」

順子が見返ると、真佐子は微笑して、

「川北さんは、わたしまで恨んでたわ。順子は君の友達だそうだが、まるで狂ったみたいな女だなって。そのくせ、わたしが海野さんに気に入られてると思ってか、すごく気を遣ってるの。できるだけご機嫌を取ってくれなんて言ってたわ。……でも、頑張るのよ。あんたのしたことは、みんなが心の中で手を拍ってるんだから」

「…………」

「ねえ、今夜はここに泊って、何も考えずにわたしと一緒に寝るのよ。そして、明日元気を出してちょうだい」

真佐子は順子の肩を叩《たた》いた。

翌日順子は敢《あえ》て社に出勤した。

昨夜のことがまるで錯覚のようである。調査部はいつもと変りはない。河内三津子は相変らず雑誌や新聞の切り抜きをやっているし、田村などは熱心に写真の整理をしている。新しく来た部長も次長も神妙に机についていた。毎日見馴《みな》れている平凡な職場風景だ。

窓には青空がひろがっているし、ときどき保存写真を取りにくる整理部員の声も、同僚たちの動作も、順子が入社して以来ずっとつづいてきた風景だ。今後もこの社がある限り永遠に同じ場面がつづくに違いない。

つまり、これが生活だった。昨夜の波乱は夢のような出来事にすぎない。

十一時半だった。局長の部屋から秘書が来て、

「三沢さん、ちょっと」

と、呼んだ。そこで初めて昨夜の記憶が現実に結んできた。

順子は、例の廊下を歩いて局長室のドアを押した。

広い部屋の窓際に机を置いて川北局長が新聞を見ている。順子が入って来たのを知っていて、わざと顔を上げず、

「そこに坐りなさい」

と、声だけで命じた。

順子は来客用のクッションに腰を下ろした。局長はまだ新聞にかがみこんでいる。局長の意識は順子に集中しているのだ。すぐに机の前を離れないのは、局長がそれだけ順子との対決を意識しているからであろう。

椅子が軋《きし》った。

川北局長は机の前をようやく離れ、順子のかけているクッションの近くに来たが、すぐに坐るでもなく、彼女の前を二、三度往復した。苦虫を嚙み潰《つぶ》したような顔だ。

「昨夜のことで何か言うことはないかね？」

川北は歩きながら言った。「どうだね？」

黙っている順子に返事を催促した。

「……申し訳ないと思っています」

順子はうつむいたまま答えた。

「ふむ、ただそれだけかね？」

「…………」

「どういう気持で海野さんにビールを浴びせたんだ？　それを聞かしてもらいたい」

「酔っていたんです」

「酔ってた？」

川北はくるりと身体を回して順子を睨《にら》みつけた。

「君、それで言い訳が立つと思うかい？　相手は誰だと思う？　海野社長だよ」

川北は自分を抑えているようだったが、顔が真赧《まっか》になっていた。

「失礼にもほどがあるじゃないか。海野社長がどれほど当代に傑出している人か、君だって常識があるから分っているだろう。普通の人間にビールを浴びせたのとは違うんだよ」

川北は順子の前に立ち停って見下ろした。

ここにも川北の心理が出ている。普通の人間なら許せるが、相手が海野社長では許せないといいたそうだ。

「でも、酔ってたんですから」

順子は、昨夜の真佐子の激励を支えにしていた。もう少し川北が怒号すれば、順子は気持の全部をぶち撒《ま》けて、すぐに辞めますと宣言するところだった。

すると、奇妙なことに川北が急におだやかな声になった。

「君、とにかく、君は人間的に他人に迷惑をかけたということは認めるんだね？」

「はい」

これは承認しなければならない。

「そして、大へん失礼なことをしたということも認めるね？」

これもその理屈通りだった。

「よろしい」

川北はうなずいた。

「では、これから海野社長のところに行って謝って来たまえ」

順子は、はっとなった。彼女の予想に無かった命令だ。

「君、謝るのが当然だろう。君が酔って失礼をしたんだから、黙って頬《ほお》かぶりをするテはない。人間的にもお詫びをするのが当然だ。……これから、ぼくと一緒に海野社長のところに行こう」

川北は順子の表情を見つめた。が、その眼には意外にも高圧的なものはなく、かえって懇願するような眼差《まなざ》しだった。

第六章　決　意

1

順子は川北局長に連れられて、丸の内にある「東邦製紙」の本社に出頭することになった。

まさにそれは出頭という言葉が似つかわしい。川北は、彼自身の誠意を海野に見せるため、順子を罪人として帯同する気持でいる。

ところが、何事にも細心な川北局長は、新聞社の玄関から順子と一緒に車に乗るのを遠慮した。これは社の用事とは無関係だという意味からではなく、海野とは仲の悪い自分の新聞社の社長を憚《はばか》ったからである。いつ、それが噂《うわさ》になって社長の耳に入らないとも限らない。そんな川北の懸念が順子を途中の街角に待たせる結果となった。

順子は川北に頼まれた通り五百メートル先で待っていた。やがて自分の前に停った車に招じ入れられた。

「やあ、ご苦労だな」

川北は鷹揚《おうよう》に笑っている。

「なに、心配することはないよ。ただ君が虚心坦懐《たんかい》に、大へん失礼しました、と一言いえばいいんだからね。あとはぼくが何んとでも取り繕うよ」

川北は、ここまで事が運べばあとは安心だという顔をしている。

思うに、川北は、彼女を連れて行かないことは自分の釈明が誠意のないことに受け取られそうだし、また局長としての威厳がないと取られるのを惧《おそ》れているようだ。

川北のおそれる海野辰平は現在テレビ会社の社長ではあるが、元来は東邦製紙の社長で鍛えてきた男だ。

海野辰平といえば、三十年前は渺《びょう》たる一製紙会社だった東邦製紙を現在のランクにまで持って来た腕利きとして大きく評価されている。実際、彼が東邦製紙に入ったのは若いときだったが、戦後の重役陣追放で彼は一躍労働組合から推されて社長となったのだ。

だから、もともと彼は組合運動には熱心だったわけである。そのころはまだ労働組合が強く、各社には労組による経営管理ということが行われていた。もっとも、それはたちまち資本家側の巻き返しであえなく潰《つぶ》れ去ったが……。だが、海野辰平の場合は違っていた。彼はいつまでも労組から推されたサラリーマン社長ではなかった。彼がいかに経営の才に長《た》けていたかは、その後株主陣が息を吹き返しても海野を社長の椅子から去らせなかったことでも分る。東邦製紙は、それから五、六年の間にばたばたと大きくふくれた。もっとも、その間には敗戦直後の紙の不足で相当な荒稼ぎが出来たことも原因している。

つまり、当時は各新聞社とも用紙の入手に狂奔《きようほん》し、仙花紙のようなものさえ羽が生えて飛ぶように高値で売れた。GHQから用紙の割当配給はあったが、とてもそれだけでは需要を満たすこともできなかったし、儲《もう》けにもならない。どこの新聞社も敗戦によって外地などから引き揚げた社員で人数だけはふくれ上がったが、細々とタブロイド版などを印刷していた。紙を欲しがっていたのは無理もない。

昭和二十四、五年からようやく用紙状態が正常に帰ったが、東邦製紙はすでに業界に独走しつづけて、戦前からの老舗《しにせ》であるO製紙にまさに迫るくらいにのし上がっていた。

工場も静岡県下や千葉県下にも増設するし、本社も現在の丸の内にあるような偉容を誇る建物を造った。戦前は無配当で喘いでいた会社が、今では海野の経営で二割五分の高率配当をつづけている。

海野辰平がマスコミに興味を持ちはじめたのは、G新聞社の苦難時代、紙の不足でたびたび重役連中が海野のところに来て用紙の増量を要請したあたりからはじまったといわれる。そのころ、海野は商売上のこともあってG新聞社の経営状態を徹底的に調べ上げたらしい。そして新聞が世間にどのような影響力を持っているかも、彼一流のやり方で検討した末、G新聞の買収に踏み切った。

さらには、戦後の新しい現象としてテレビ局の開設が続々と行われたときにも、その一つにG新聞の資本を入れて、社長におさまった。

実業界ではそのころから海野辰平を高く評価するようになった。殊に彼がマスコミに対して（それは用紙の面からだが）かなりな発言力を持っていると知ると、財界の経営者のグループも海野をさらに高く買い、資金面などで積極的に面倒をみるようになった。

だから、世間では海野辰平を財界のホープだとか、財界の意志を代表するマスコミの支配者だとか言っている。

彼の心境を忖度《そんたく》する者は、現在経営不振で喘いでいるR新聞社がいずれは彼の餌《え》食《じき》になるであろうと観測していた。

海野自身もいつの間にやら東邦製紙の株の過半数を獲得し、現在では不動のワンマン社長となっている。つまり、かつての労働組合の闘士は、三十余年後には典型的な資本家になっていた。

だが、何んといっても海野辰平の魅力はこれからの未知数にある。未知数といっても、彼が驀進《ばくしん》しつづけた過去の業績からみてさらに彼がどのように飛躍するかの将来性である。

仮りにR新聞が海野辰平の手に落ちてG新聞に吸収されると、G新聞は、たちまちのうちに一流紙まで迫るに違いなかった。それには彼の強引な手腕がものをいうに違いない。また財界のバックアップがあるから資金面も無尽蔵ということができる。

東邦製紙の玄関を入ると、川北が受付に、

「社長さんにお目にかかりに来ましたが」

と、丁寧に自分の名前を言った。受付の女の子は電話をかけていたが、すぐに三階へおいで下さい、と言った。

エレベーターを降りると、若い男が待っていた。社長の秘書らしい。

「どうぞ」

と、廊下を案内した。

「恐縮ですな」

川北は順子を従えて豪華な応接間に通された。普通の来客用と違い、ここは社長の専用のようだった。

壁には東邦製紙の工場の写真が偉容を誇って掲げられているのは、どこの会社の応接間も同様だが、クッションは一段と上等に出来ている。場所も広い。大きな窓から明るい日光が流れ込んでいた。

「ご面会は十五分限りにお願いいたします」

秘書は微笑して言った。

「結構です。お忙しいのはよく存じあげておりますので」

川北はどこまでも低姿勢だった。

秘書が引っ込んでものの一分と経《た》たないうちに、海野辰平のがっちりとした体格が現れた。

川北はあわてて起ち上がり、

「昨夜はどうも失礼をいたしました」

と、親しみを半分込めて鄭重《ていちょう》なお辞儀をした。

「いや」

海野は川北のうしろにいる順子にちらりと眼を走らせ、

「どうぞ」

と、椅子をすすめた。

川北は対手《あいて》が坐っても自分は腰を下ろさずに順子を振り返った。

「社長、昨夜は大へんに失礼をいたしました。今日はそのお詫びに本人を連れて参りました。どうぞわたくしに免じてお赦しを願いとう存じます」

クッションに深々と腰を下ろした海野辰平に恭々《うやうや》しく頭を下げた。海野は両肘《りょうひじ》を張ってパイプをくわえている。太い眉《まゆ》、大きな鼻、厚い唇、顔全体が粗野で荒削りな彫刻を思わせた。もじゃもじゃした髪は、いかにも活動的なものを感じさせる。が、半分はもう白髪だった。

その赧《あか》ら顔に眼を眩しげに細めている。が、切れ長な眼の間からのぞいた光は、じっと順子の顔の上に止まっていた。

「三沢君」

川北が小さい声で促した。

順子は海野の前に一歩出て、正面から頭を下げた。

「昨晩は大へんに失礼いたしました」

ほかに何か言いたかったが、適当な言葉がなかった。川北が順子の呆気《あつけ》ない挨拶に不満そうな顔をしていた。

海野はパイプをくわえたままの細い眼で順子を見ていたが、挨拶を受けると眼尻《めじり》に皺《しわ》を寄せた。

「社長、当人も大へん恐縮しておりますので、どうぞこれでお赦し願います」

川北が順子の短い挨拶を補足するように謝った。

海野はパイプを静かに外した。皓《しろ》い歯が微かにのぞいて、

「酔っていたんだってね？」

と、川北のほうには見向きもしないで順子に言った。静かな声だったが、眼は依然として光を含んでいる。広い肩幅もクッションの背に貼《は》り付いたままだった。

「…………」

順子は返事をしないで、こっくりとうなずいた。やはり適当な返事が泛《うか》ばなかった。

「酒はよく飲むの？」

海野は悠然たる調子だ。

「いいえ」

これだけは小さな声で否定した。

「じゃ、ムード派なんだな」

はじめて、その顔が笑った。眼も一緒に細まる。いかつい顔だが、笑い顔には愛《あい》嬌《きよう》があって、人を惹《ひ》きつけるものがある。

「まあ、坐りなさい」

言ったのは川北と順子と両方にだが、顔はまだ順子だけに向っていた。

「失礼します」

川北がこの雲行きを見て正直にほっとした顔になった。はじめて余裕を取り戻したように、

「どうもありがとう存じました」

と、礼を言い、椅子《いす》に腰をかけた。

順子だけはまだ立っていた。すすめられても坐る気がしなかった。

先ほどから川北の様子を見て、また昨夜と同じ感情が起ってきていた。海野に迎

合している川北と一緒に動作をする気になれなかった。

「新聞社は長いの？」

パイプをくわえた。

「いいえ、まだ一年と少ししかなりません」

「どこに住んで居るのかね？」

などと訊《き》く。

「あのナイト・クラブにいる真佐子とは友達だってね？」

淡々とした世間話だった。

ビールを頭から浴びせられたことには一言もふれない。しかし、当人が機嫌よくそんな話をするところをみれば、もうそのことは水に流しているように思える。あるいは海野の気取りから、そのことにふれるのを屈辱に思っているのかも分らなかった。ゆったりとしたその様子は、ビールを浴びたとき泰然として騒がなかった彼と同じだった。

入口から秘書が来て遠慮がちに、

「社長、時間でございます」

と、時計を見ながら言った。

海野は黙っている。

川北だけが安心した顔になって起ち上がった。

「君」

海野が順子に平気で言った。

「新聞社で退屈な仕事をしていてもつまらんだろうな。君は旅行なんか好きかい？」

「好きです」

順子ははっきりと言った。海野があまりに意表を衝《つ》いたことを言うので、それに対する反感からでもであった。海野のその態度は、彼の自意識から出ている。つまり、自分を一段と大きく見せようとしているのだ。その意識が見え透いていて順子にはたまらなかった。

海野が初めて声を出して笑った。

「じゃ、またいらっしゃい」

恰幅《かっぷく》のいい体格を椅子から起して、入口へ足を向けた。

「社長」

と、川北が恭々《うやうや》しく頭を下げた。

2

翌る日の夕方だった。

順子がアパートに戻ると、速達が来ていた。封筒は東邦製紙の社用だったが、社名の横に「海野」と万年筆で書かれてあった。

順子ははっとなった。海野が個人的に何かの意志表示をしてきたのだ。彼女は昨日の海野辰平を考えて、封筒の万年筆書きの名前がどうしても一致しなかった。

あれから川北は社に帰るまでひどく喜んでいた。順子のためでなく、もちろん、彼自身が海野の首尾を全うしたことに安心したのだ。その後も彼は海野社長にまた挨拶に伺ったらしい。だから、海野が自分に何か言いたいことがあれば、川北を通じて意志が伝達されるはずだった。そのことがなく直接に手紙が来るというのは順子に見当がつかなかった。

「十四日に大阪に出張する。宿泊場所は中之島《なかのしま》のグランドホテル。旅行好きの君に気持が動いたら、その晩八時ごろにぼくを訪ねて来たまえ。いろいろと便宜を図る。

二伸　気が向かなかったら、それでもよろしい。しかし、先夜ビールを浴びせられたぼくには、一度だけこれを命令する権利があるようだな」

順子は、ふふん、と嗤《わら》った。

手紙はその場で割いた。財界に上昇しつつある海野辰平が、急に平凡な男になって映った。川北のみならず業界から怖れられている海野が、順子のすぐ隣にいる男になった——

返事を書いて痛烈に嘲笑《ちようしよう》してやりたかったが、それを書くことで逆な意味に取られそうな気がした。その晩、順子は久しぶりに睡《ねむ》れた。

だが、ふしぎなことだった。調査部の片隅で新聞を切り抜いて写真を整理したり、スクラップの貼り付けをしているころとは自分が別な人間になったようだった。

たとえば、社内であのように怖れられている川北局長がくだらない人物と分ると、彼にむかって平気になれたのだ。以前は局長の姿を見ただけでも尊敬と畏怖《いふ》とを持ち、遠い距離の人物に見えていたものだ。局長室に行く廊下を雲上ロードと呼ばれているように、彼女にはまさに川北は雲の上の存在だった。

同じことが川北の友人の丸橋専務についても言える。つまり、人間的な人格において順子は彼らと同じ平面に立っていた。

ところが、海野辰平の手紙で、それはさらにもう一つの高いところを平面化してしまった。遠くから眺めた海野辰平はマスコミの怪物と言われ、財界のホープと称讃《しょうさん》され、事業の鬼だと怖れられている絶対の偶像だった。それが自分のすぐ傍に並んで立っている。ある意味では川北も丸橋も、その位置からは下降しているのだ。

これは危険な意識かもしれない。そのことは、たとえば、ナイト・クラブに勤めている真佐子についてもある意味で言えることだ。ナイト・クラブには社会的に地位のある人々が多く集ってくる。そこでは彼らは完全に仕事から離れた人間になる。もう一つ進んで言えば、彼らはそこで男の裏をさらけ出しているのだ。

それで、彼らに接触するホステスたちは、いつの間にか自分を彼らとは格差なしに考える。半分は無意識のうちにその気持が形成される。

順子はそう考えると、川北などが真佐子に一種の遠慮といったものを持っていることがよく分った。当人だけでなしに周囲の者も、上のクラスとつき合っている女には尊敬に似たような気持を抱いているのだ。むろん、そこには自己の利害関係や打算が含まれている。しかし、その心理状態には変りはない。これが政治的な人間であればあるほど、その意識は強くなる。

順子は海野の誘いをきれいに忘れてしまった。

職場に出ると、相変らず前には河内三津子が男のような服装《なり》で切り抜きをやっている。ほかの部員も整理に追われていた。ここは平凡な人間と平凡な仕事の集りだ。順子はそうした場所に身を置いていると、ナイト・クラブのことも、海野からの手紙も、夢のようにかけ離れた記憶になってしまった。

（十四日は明後日だわ）

と、心のどこかに浅く意識があるだけだった。

すると、今朝の河内三津子の様子がどうもおかしい。順子は初め気がつかなかったが、ちらちらと彼女に視線を送ってくる。変だなとは思ったが、まさか特別な意味があろうとは思わなかった。

それが分ったのは、昼食時間になって河内三津子に誘われたときだった。

「ちょっと」

三津子が言うから、従《つ》いてゆくと、食堂の隅のあまり混《こ》まないところで三津子がささやいた。

「あなたに変な噂が立ってるわよ」

「え、なに？」

さすがに順子もどきんとした。

「あんた、この前、川北さんと天ぷら屋に行ったでしょ？」

三津子の顔には特別な表情があり、言葉も意味ありげだった。

「ええ、行ったけれど」

「そう。やっぱりほんとだったの」

三津子は眼をじっと壁のほうに向けている。

「どうしたの？」

順子は相手の深刻そうな顔に予感が起きた。

「それでデマが飛んでるわ」

三津子は教えた。

「デマって何？」

「あなたと川北局長とが変な仲になってるというの」

「…………」

予感は外れていなかった。

「川北局長は日ごろから、規律を口うるさく言ってるでしょ。その人が仕事上何んの関係も無いあなたを誘って、たった二人だけでそんな座敷に上がったというので、あちこちで騒ぎになってるわ」

誰《だれ》がそんなことを言いふらしたのであろう。いや、その前に、誰が天ぷら屋に行った二人を見つけたのだろうか。

「わたしたちもそれを聞いてショックだったわ。だってあの局長が余人を入れずにあなただけ天ぷら屋のお座敷に連れ込んでるんだからね」

河内三津子も不用意に連れ込んだという言葉を使った。この印象が興味をあおって陰口の中心になっているのだ。

「あなたはそれを誰から聞いたの？」

順子は訊いた。

「ほれ、これよ」

三津子はポケットから折りたたんだうすい紙を出した。タイプで打たれたものだ。

《川北局長と調査部の三沢順子とは、去る某日、二人だけで新橋の天ぷら屋の座敷において食事をした。それだけでなく、川北局長は順子をいつも都内某キャバレーに連れて行っている。社内の規律をうるさく言う局長が、こんな行動をしていいかどうか、諸氏の常識に訴えたい。正義生》

順子は持っている紙の手が震えた。

「これ、社内のタイプで打ったんじゃないわよ」三津子が註釈を付けた。これは相当
「社内のだったらすぐに分るから、外のタイプ屋に打たせたもんだわ。

に社内に流れてるらしいわよ」

順子には理解ができない。川北はいつの場合でも行動を絶対に秘密にするよう順子に約束させている。だから、川北自身の口から洩《も》れるはずはない。彼も慎重な行動をとっているのだから、たとえば、彼の部屋にいる秘書も知っていないことだ。

「これはあなたを誹謗《ひぼう》することよりも、川北局長を陥れるためだわ。その辺から大体の見当はつくわね」

三津子からそう言われて、順子はあっと思った。

いつぞや、その天ぷら屋からの帰り、前部長の末広と出遇《であ》った。恰度《ちようど》彼がレストランから出るところだったが、そのとき部長のうしろにどこかで見たことのある女性がつづいていた。だが、その女性は順子には顔を隠すようにしていた。

噂の出所は末広だ。タイプも彼が流したのだろう。

だが、末広だけがひとりであの事実を知るはずはない。誰かが彼に事実を教えていなければならないのだ。

すると、順子は、あのときにはどうしても思い出せなかった末広の同伴者の正体

が、ふいとガラスの曇りを拭《ふ》いたようにはっきりした。交換台にいる江木郁子だ。

大体、交換台の人とは日ごろからあまり交際がない。彼女らは社に出勤すると、そのまま二階の交換室に入ったままである。ただ、食堂ではその顔を見ることがある。交換台の人は、そのグループだけが集って食事をとっている。

その顔に順子は初めて思い当ったのだ。

交換手ならその事実を知っていてもふしぎではない。川北は順子を誘うのに、いつも外線を使っていた。その電話を交換手の江木郁子が傍受していたのだ。

江木郁子は、どういう理由か分らないが、レシーバーで聞いた川北の声の全部を末広に話したのだ。あのとき、その江木と一緒にいた末広が妙にどぎまぎしていたのを思い出す。

順子は悲しくなった。川北局長を追い落す工作の道具に彼女自身が使われているのである。

その日、廊下を歩いても、どこへ行っても社員たちにじろじろと見られているような気がした。順子が何か野心を持って積極的に川北局長へ近づいているように見られているらしい。

順子は、この理不尽な中傷に腹が立った。しかし、もとより、正面から抗議のできることではない。末広にも、交換手の江木にも、その証拠の無いことだった。こちらの推測が間違いないとしても、何一つ言えないのである。

しかも、順子に対する周囲の眼は翌日になってさらに露骨な表情になった。スキャンダルの相手が川北だというので興味が盛り上がっている。

しかし、順子は川北にこの噂やタイプのことを伝える気はしなかった。もっとも、どうせ、彼の耳に入ることだが、局長に達するまでは当分時間がかかるだろう。弱い立場の人間ほど、いやなことは早く聞かされる。皮肉と嘲笑も露骨である。

三津子は気にするなと言っているが、順子も初めは噂を無視する態度に出ていた。だが、いわれのないこの中傷には怒りが静まらなかった。その怒りを投げつける相手がいない。空気のように正体を見せない敵だった。憤りは自分の胸に撥《は》ね返って内攻するより仕方がなかった。

その日の昼ごろ、社長名の通達が回ってきた。

《近ごろ本社の経営に関して悪質なデマが飛んでいるが、諸氏は決してこれに惑《まど》わされないようにされたい。本社の経営は極めて健全である。謀略はある方面から流されているが、われわれはますます団結してこの謀略と戦わねばならない》

順子が読んでも、それが暗に海野辰平を指していることは明瞭《めいりょう》だった。むろん、順子の噂とは直接の関係はない。

夕方、木内から社内電話があった。

「今日帰りに、三十分でもちょっと会いたいのですが」

木内の声には今までにない緊張があった。順子には、それが例の噂に関係があると分った。

「結構です」

「では、有楽町の駅で待っています」

木内は短くそれだけ言って切った。彼の語調からその用事の内容にほぼ察しがついた。

社が退《ひ》けて有楽町の駅に行くと、木内が出札口の横でぼんやり立っていた。順子が近づくと、黙って出口に歩いたが、その表情はもう硬張《こわば》っていた。

有楽町から、丸の内のわりと静かな通りに入った。順子は彼から二、三歩遅れていたが、木内は街角までくると、彼女を待つように立ち停った。

「少しお話があるんです」

「何んでしょう？」

木内の様子には最初からとげとげしいものがあった。今までの木内には、そんな態度は見えなかった。会うと、いかにもうれしそうに順子のほうに寄ってくるのだ。一緒に歩くことに幸福感が溢《あふ》れていた。

掌《てのひら》を返したように、というのはこのことだろう。今の木内は、何か憎い相手を迎えたような気むずかしい顔になっていた。

「少し訊《たず》ねたいことがあるんです」

木内は、低いが感情を抑えた声で言った。

「何んでしょう？」

質問の意味に察しがついているので、順子も反撥《はんぱつ》を覚えていた。

「社内に妙な噂が立っているんです。それが昨日からひどくなっていますが、あなたに関することです」

「知ってますわ」

次の通りまで信号の変るのを待った。通行人が一緒に溜《たま》ったので二人は黙った。

信号が変って歩き出してから木内が言った。

「じゃ、率直に訊きます。川北さんとあなたとの噂は本当ですか？」

「昼間二人だけで食事に行ったことでしょ。その通りです」

順子は硬い声で答えた。

「それだけでなく、どこかのナイト・クラブにも川北さんに連れて行かれたそうですね？」

「その通りです。否定はしませんわ」

木内は顔を歪《ゆが》めていた。胸に一ぱい詰っている感情を爆発させるのを抑えているような様子に見えた。顔が充血していた。

「それでは」木内は声を震わした。「川北さんとあなたの本当の間柄はどうなんです？」

「そんな醜い想像の上に立っての質問なら、お断りします」

順子は、もうこれで帰ります、と言いたくなった。

「そうですか」

心なしか木内は少しほっとしたようだったが、まだまだ、その顔つきは猜疑《さいぎ》に満ちていた。

「川北局長は、あの通り社内の規律をうるさく言う人です。その人があなたを天ぷら屋の二階に連れ込んだと、ふしぎなタイプ活字は書いています。そのお座敷はたった二人だけの部屋です。誰もほかに見ている人が居ない。たとえば、そこで川北さんがあなたに何をしようと、誰にも分らないわけです。少なくとも、そういう条件の場所にあなたが唯々《いい》として局長のあとに従って行った心理がぼくには分らないのです」

木内は激しい非難の口調になっていた。

順子は、その木内の気持が分らないでもなかった。しかし、その木内は順子にとって一体何だろう? 何でもない人なのだ。ほかの社員と同じように、同じ会社で働く人間というにすぎない。木内の感情は、彼の独り勝手なものだった。その彼が勝手に自分だけの気持に託して、まるで恋人に裏切られたように怒っている。

順子は、この木内が左遷されたとき、詩集を買って来て、静かに自分自身の寂しい孤独を慰めているところが好ましかった。人柄も全くすれたところはない。しかし、その木内でさえ噂だけを聞いて、まるで順子の心を以前から獲得したような態度で憤《おこ》っている。

順子は、これまでの木内の純情さが、実は男としての小心さ以外の何ものでもないことを知った。

そういえば、木内は例のミスの問題から左遷されたとき、ひどくショックを受けて沈んでいた。順子は、それを彼の孤独性に考えていたのだ。静かに自分自身をみつめている青年だと思っていた。

しかし、それも思い過しだった。木内のこの非難の口吻《くちぶり》には男としての利己主義が出ている。順子に裏切られたという先走った感情もそうだが、川北局長と二人だけで順子が会食したことが、彼としては脱落感となっているのではないか。つまり、写真のミスは順子と木内との実際上の連帯責任になっているが、その順子が川北に近づいて好意を受けているところに、彼だけのやりきれない脱落感があるらしい。

何よりも順子が腹が立つのは、木内がほかの人間と同様に、あの中傷的な噂をあたまから信じていることだった。

「わたくしは木内さんからそんなことを言われる理由はないと思います」

順子は言った。木内の顔を見ないで、黄昏《たそがれ》の街の一点に自分の言葉を投げつけた。それは社全体のいわれのない嘲罵《ちようば》に向っての抗議でもあった。

「わたくしは自由ですわ。そんなちっぽけなことでわたくしの人格を疑われてはかないません。あなたとはこれでお友達になることは止しましょう。これからは社内のただの社員として、ご挨拶だけしますわ」

順子は木内の言葉を聞かないで、ひとりで足早に歩き出した。木内の靴音が追って来たが、順子は通りがかりのタクシーを停めて、あとも見ないで中に入った。

車を走らせると、流れる黄昏の街が別の世界に映ってきた。今まで順子の住んでいた景色がまるで変って見えた。

ふしぎだった。もし、川北や丸橋に遇わなかったら、順子も新聞社の調査部員という目立たない、平凡な職場の人間の意識でいたに違いなかった。あるいは海野辰平にビールを浴びせなかったら、この気持の変化はなかったであろう。

順子には今の新聞社がひどく古い世界に見えてきた。それは海野辰平に象徴される未知の新しい世界をのぞいたからともいえる。今までの古ぼけた生活は一体何だったのだろう。

順子は、新聞社には明日辞表を郵便で送る決心をした。も早、川北の手を煩《わずら》わすことはない。川北さえ彼女には小心翼々の社員としか見えなかった。

順子の心には三原真佐子の生き方がどこかにあった。彼女の生活に反撥を覚えながらも、それが意識の上で大きな存在となっている。

順子は車を停めさせた。腕時計を見ると、六時を少し過ぎている。今の時間なら、海野はまだ製紙会社の社長室に居るかもしれなかった。精力的な働き手という評判である。

「社長は帰りました」

交換台がつないだ秘書課の人が言った。

「明日出社されるでしょうか？」

「どちらさまですか？」

「三沢という者です。先日、社長さんにお目にかかった者ですが」

秘書課では相手が若い女性の声なので、社長の都合も考えてか無愛想ではなかった。

「明日の飛行機で大阪に向われます」

「どうもありがとう」

「もしもし、失礼ですが」秘書課の人が訊いた。「どちらの三沢さんでしょうか？社長が帰って来てから、お電話がかかったことを報告したいと思いますので」

「結構です。社長さんにはまたお目にかかりますから」

順子はボックスを出た。

海野にまた会う。——それは海野が帰京してからではない。会うのは大阪だ。順子は電話ボックスを離れたときにその決心になっていた。

「どこへ行きますか？」

運転手が仏頂面をして訊いた。目的も無く丸の内から大手町、神田、日本橋、銀座とぐるぐる回らせられたのである。

「日比谷《ひびや》に行ってちょうだい」

順子は、航空会社に行って明日の指定する便の席の有無に自分の運命を賭けてみたい気がした。

今までの生活をこの瞬間に放擲《ほうてき》できるのが自分でもふしぎだった。何か荒い海に一人で舟を漕《こ》いで行くような気持である。

三原真佐子のような生活もある。しかし、あの人とは生き方が違うのだ。

木内の顔も泛《うか》んだが、何の感興も無かった。

日比谷の航空会社の事務所の前に降りた。

予約係の前では、二人づれの男女が北海道の席を申し込んでいる。二人で一週間の旅をするなどと話し合っていた。

旅！

誰かが、人生は予定のない旅だ、と言った。順子は、今ほどそれを切実に味わったことはない。

二人づれの予約を済ました事務員が順子の前に来た。

「明日十八時発の大阪便ですね。しばらくお待ち下さい」

帳簿を出して調べている。席の有無は数秒ののちに分る。順子の運命の岐路《きろ》であった。

「ございます」

髪をきれいに分けた事務員が顔を上げた。

「その便だと、恰度《ちょうど》一人分だけございます」

十八時発の便は十九時に伊丹に着き、七時半ごろには中之島のグランドホテルに入れる。順子は申込票を書きながら、明日の夕方には自分の姿が羽田空港を歩いているのが見えてきた。

3

順子は、その日、新聞社を無届欠勤した。

正確には今日限り退社したのだ。それは一通の封筒が赤いポストの中に呑《の》まれたときに完了した。昨夜書いた退社願だ。簡単な文章だから、便箋《びんせん》一枚で足りた。うすい封筒が大そう重大な役目をしている。人生の大きな転機であった。

その封筒を、羽田に行く途中、煙草屋《たばこや》の表のポストに投げ入れた。そういう大事なときには、何んでもない風景があとあとまで印象に残るものである。煙草屋の店先には老婆が一人、眼鏡をかけて雑誌を読んでいた。ケースの上には小さな招き猫が載っていた。……

――飛行機の中も格別な感興はなかった。久し振りの空の旅だが、窓から下の景色を見る気もしなかった。ただ、その位置からは、小さな窓に映る白い雲が光をたっぷりと含んで雪原のようにきれいだった。その光も大阪に近づくころには赤く変っていた。

隣に坐っている見知らない男が、読んでいる雑誌に飽きて順子に話しかけてきた。どこかのセールスマンのような、身だしなみのいい青年だった。順子がものを言うのも億劫《おっくう》だったので黙っていると、向うは憤《おこ》った顔になって沈黙した。

機内の一時間は、彼女に十分の思考を与える余裕があるはずだった。だが、実際には何一つまとまった考えは泛んでこなかった。いや、この場合、何も考えないほうが気が楽だった。すべては成り行きまかせの気持だった。

伊丹から大阪の街に出るまで夜の中に入った。大阪には前に二度ばかり来たことがあるが、それはずっと以前で、ほとんど初めての土地といっていい。

空港から乗ったタクシーは、車の激しい電車通りを走って、橋を渡り、川の流れている通りに曲った。この川には前に来たときの見憶《みおぼ》えがある。

ホテルは立派だった。入口を入ってロビーを抜けると、正面がフロントだった。

部屋のことを訊くと、

「あいにくと塞《ふさ》がっております」

と、一ぺんに断られた。

「なんとか一部屋ご都合できませんか？」

「申し訳ございませんが、ここのところ、一週間前にご予約を願わないと、どうも……」

フロント係は丁寧な言葉で突っ放した。

「つかぬことを訊きますけれど、ここに海野さんが泊ってらっしゃるでしょ？」

「海野さんと申されますと？」

「東京の海野辰平さんです」

「ああ、海野社長さんですか」

フロント係は改めて順子を見直し、

「はい、ご予約を頂いております」

「あら、まだこちらにお着きになりませんの？」

「なんですか、会社のほうにおいでになって、こちらにお入りになるのは九時半ごろだということでございます」

フロント係は順子への態度を少し変えた。

「海野社長さんにご用でしたら、何かメッセージでも承ってお伝えしておきましょうか？」

「結構です。またあとで参りますから」

「はあ、左様で」

フロント係は頭を下げた。海野の名前を出しただけで、すでにこの態度の変り方である。

順子の腕時計は七時半になっていた。あと二時間、街の中でも歩くより仕方がなかった。ホテルから川沿いに少し歩いて橋の傍まで来ると、新聞社の大きな建物があった。それには以前の記憶がある。しかし、それだけでは地理の目標にはならなかった。

「やっぱり賑《にぎ》やかなところがよろしゅおますか？」

乗った車の運転手が訊いた。見物したいと言うと、

「そらやっぱり南でっしゃろな。心斎橋《しんさいばし》あたりなら、まあ、大阪の銀座ですよって

に……」

どこに行っても銀座のような街がある。どんな田舎でも銀座の名前を付けた通りがある。

心斎橋から道頓堀《どうとんぼり》に抜ける長い道を歩いた。ここも人が多い。だが、散歩だけで二時間はもたなかった。それに、ひとりで不案内な土地の店に入る気もしない。眺めて通るだけだった。

腹も空かなかった。咽喉《のど》も渇いていない。これは気分が張っているからだった。疲れていると分っていながら、気持だけは緊張していた。

少し横丁に入ると、料亭のような街があった。高級な車が道の両側に列をつくって駐車している。順子は、海野辰平が、いま、そんな場所にいるような気がした。大阪に出張すれば、土地の支店の人や、取引先の人たちへの宴会もあるに違いない。バーやキャバレーばかり並んでいる通りも見えた。宴会のあとは、そんなバーに流れて行くのではなかろうか。フロントでは、九時半にお入りの予定ですと言っていたが、もしかすると、海野の帰りは深夜になるかもしれない。それまで知らない街をうろうろするわけにもいかなかった。順子は自分の宿のことが心配になった。

「へえ、ございます」

眼についた旅館で部屋の有無をきくと、女中が順子のスーツケースを取ってくれた。

「今お着きですか。大阪は何度もお見えで？」

女中が入れてくれたのは、小さな中庭の見える階下の部屋だった。あまりきれいな座敷ではない。向うの縁側を通る男客がこちらの部屋をのぞいていた。

順子は、九時半になって宿からグランドホテルに電話した。

「どちらさまですか？」

交換台が訊いた。

「海野さんが部屋に帰っていらしたら、東京の三沢順子だとおっしゃって下さい」

交換台はちょっと待たせたが、すぐに、どうぞお話し下さい、と言った。海野は部屋に帰っているのだ。それとも秘書のような人が出るかもしれない。一瞬の疑問は、すぐ海野の声が出たことで解決した。

「やあ、君か」

海野の渋い声だった。レシーバーに乗ると、含みのあるバリトンだった。

「いま東京のどこから？」

海野は訊いた。

「東京じゃありません。大阪ですわ」

「なに、大阪に来ているのか？」

海野の声がおどろいている。

「そりゃ知らなかった。いつだね？」

「七時に飛行機でついて、フロントのほうに一度寄ったんです」

「怪しからん。フロントは何も言わなかったのか」

「いいえ、それはわたくしが何も言わなかったのです」

「いま大阪のどこに居るの？」

「心斎橋に近い旅館に部屋を取っていますの。そこからなんです」

「そうか。こちらに来なさい」

「ええ……」

海野の気持が測りかねていると、先方もそれを察したらしく、

「荷物も一緒に持ってくるんだな。その宿は支払を済ませて、こっちに移りなさい」

と、命じた。

「でも、そちら、フロントで部屋がいっぱいだと断られました」

「なんだ、やっぱりはじめからホテルにくるつもりだったのか」

海野は声立てて笑ったが、日ごろの彼にないうれしそうな感情が出ていた。

「部屋のほうは何んとかなる。とにかく、すぐにわたしの部屋にきなさい」

「どなたか、そこにいらっしゃるんでしょ？」

「平気だ。……もっとも、君がここに来るまでには追い払ってしまうがね。いるのは秘書だけだ」

「じゃ、伺います」

順子は、怪訝《けげん》な顔をする宿の女中に計算書を頼み、支払を済ませてタクシーに乗った。大阪の街の灯が両側に流れてゆく。このように自分の運命も今夜を境にして急速に流れてゆくような気がした。

フロントでは昼間の係と違っていた。係は海野から聞いているとみえ、ボーイに眼配せすると、すぐエレベーターの前に案内した。

「お客さまを六階の六一二号室にご案内して下さい」

エレベーター係は着物の娘さんだった。

順子は、六階のボーイが開けてくれたドアがまるで運命の扉のように思えた。その運命の門を入って赤い絨毯《じゅうたん》に導かれて進んだ。

ほっとしたのは、海野の姿がベッドの見えない次の間にあったことである。恰度《ちょうど》、応接間のような感じで、椅子がいくつも並んでいた。ソファで新聞をよんでいた海野辰平は白髪の混るもじゃもじゃした髪をあげた。

「やあ」海野は順子に微笑した。

「そこに掛けなさい」

ボーイが持ってきたスーツケースをそこに置こうとすると、

「君、それは、さっきフロントに電話して取った部屋に運び入れてくれたまえ」

と、言った。ボーイは荷物と一緒に退った。順子は、ほっとした。

「何をぼんやり立っているんだね」

海野は順子を掬《すく》い上げるような眼で見た。

「ええ、部屋、あったのでしょうか？」

「心配することはない。ぼくなら何んとか都合してくれる。やはりフリの客ではむずかしいね」

趣味のいい部屋で、海野との間には洒落《しゃれ》たデザインのテーブルが置いてあった。

「心斎橋の近くに宿を取ったとは、変なことをする人だね」

海野はパイプをくわえた。

「でも、ここが駄目だったものですから」

「うむ。しかし、女ひとりで知らない宿に飛び込むもんじゃないな」

海野は手紙のことは一切口に出さなかった。順子も言わなかった。それは彼女がここに来たということだけで問題でなくなっていた。

「飯は食ったのかい？」

「ええ、宿で」

「ほう。ご馳走があったか？」

「いいえ」

「大阪は初めて？」

「ずっと先《せん》、母と一緒に来たことがあります。今度も初めてのようなものですわ」

「何時だな？」

と、自分で時計を見て、十時前なのをたしかめ、

「さて、君のようなお嬢さんをもてなすにはどういうところがいいかな？　映画も終ったころだし、芝居は終演《はね》ている。音楽会はぼくには不得手だ」

「そんなこと、どうぞお気遣いなく」

ノックをしてボーイが日本茶を持って来た。その間、順子は窓のカーテンをあけ

て大阪の夜景を見下ろしていた。すぐ下の川だけが黒い帯になっていて、あとは涯《はて》しない街の灯だった。

「新聞社のほうは届けて来たのかね？」

「ええ」

説明はあとでもできると思った。

「そうか。だいぶん夜の景色が気に入っているようだが、これからだとナイト・クラブみたいなところしか仕方がない。君、踊りは好きかね？」

「それほどでもありませんけれど、知らない土地ですから、踊ってみたいと思います」

「素直でいい」

海野は賞めた。

海野は椅子を起《た》った。順子も入口に歩く。廊下で待っていると、海野は灯を消して、ドアを閉めた。

「秘書の方は？」

「秘書か。君に部屋を譲ってどこかに移ったよ」

「あら、それじゃ？」

「ははははは。実は部屋が都合出来た手品はそれなんだ。いくらぼくでも予約のお客さんを追い出せとはホテルに言えないからね」

海野はエレベーターに歩いた。その歩き方は、ご機嫌だった。

ホテルの玄関から社用の車には乗らず、タクシーを呼ぶと、海野が行先を言った。ルームランプを消した暗い車内で海野の何かの動作がくるかと順子は思ったが、彼はパイプばかり喫《す》って身じろぎもしなかった。車に乗っている時間も少なかった。

たちまちあるナイト・クラブの前に着いた。

「ここは、まあまあ、大阪では見られるクラブだがね」

赤い制服を着ているドアマンが海野の顔を見てお辞儀をした。海野はたびたびここに来ているらしい。事実、中に入って、支配人が客席に先導しながら、

「いつ、こちらにお見えでしたか？」

と、訊いていた。

客席はホールを含めて東京の赤坂あたりと変らなかった。たとえば、真佐子のいるナイト・クラブのほうが豪華な点では勝《まさ》っているが、ここではガラス戸の向うが庭園になっていて、蛍光灯が昼のように照らしていた。正面の高い壁には瀑布がかかっている。外国人がその滝を眺めながらゆっくり歩き回っていた。

「ちょっと変っているだろう」

海野が酒を命じてから順子に言った。

「ここは南の大きな料理屋さんが経営しているのでね。滝もその日本趣味だ」

順子はカカオフィズをすすめられて飲んだ。バンドの曲がその間に三度変った。

踊り場は混《こ》み合っている。

「踊ろうか？」

海野は誘った。それまで、踊りの群れを見ながら海野はぼんやりしていた。順子が大阪まで追っ掛けて来たことが彼にも重大にとれたのだろう。彼は誘いの手紙を順子に出したが、自信はなかったのだ。まさか彼女が飛び込んでくるとも思わない。海野のほうが夢見心地でいた。

踊っているときも、海野は一応軽い身ごなしを見せながらも、その表情には緊張と愉《たの》しさとが入りまじっていた。

「踊りは巧いね」

海野は順子に言った。

「君は真佐子のいる店でたびたび踊っているの？」

「いいえ、一度もあそこでは踊ったことがありません。また、そんなこと嫌いなんです」

「そうか」

満足そうだった。その曲が終って席に戻った。彼はボーイにまた酒を頼んでいた。

順子はそっと腕時計を見た。十一時半になっている。これから何があるのだろう? 自分が他人のように外から眺められた。

「君、新聞社を辞めてきたね?」

突然、海野が訊いた。普通の何んでもない調子だった。

「ええ」

順子は彼の直感におどろいた。しかし、それは、このことで海野にいい加減な気持がないからだろう。海野は順子が大阪に来た決心を見抜いている。

順子には、海野が責任をもつ人間に見えてきた。彼女は、その瞬間から、自分が海野の中に飛び込んでいると感じた。

だから、ラストの曲が鳴ってホールが暗くなると、順子は海野に抱き緊《し》められるまま素直に彼の胸に頰《ほお》を押しつけた。海野は何もささやかなかった。

ほかの客と一緒にクラブを出た。ボーイが走ってタクシーを拾ってきた。

「おやすみなさい」

ボーイは順子にも挨拶した。

帰りのタクシーでは、海野が順子の手を握って放さなかった。相変らず彼は口をきかなかった。

ホテルの玄関に入った。海野はフロントに預けた鍵《キイ》をとった。

「六一三号室のもくれたまえ」

海野は鍵を二つ受け取った。あとのが順子の部屋のものだった。秘書を退去させたもので、海野の隣室だった。

「おやすみなさい」

エレベーターでは夜勤のボーイが二人を六階に降ろして見送った。

海野は六一三号室の前にきた。順子の胸が騒いだ。

「これ、君のだ」

海野はその部屋の鍵を順子に渡した。

二人で、それぞれの部屋のドアの鍵を回した。海野が早くドアを開けた。順子がまだ開け得ないでいると、海野が急に傍に歩いてきた。

「手伝ってあげよう」

海野は順子をドアの前からのかせると、ドアから鍵を抜き取り、それを自分の上《うわ》衣《ぎ》のポケットにおさめた。

順子が、あっと思うと、海野は彼女の肩を抱いて自室の中に入った。順子の脚がもつれた。

4

窓には重いカーテンが下りていた。カーテンの隙間《すきま》から蒼白《あおじろ》い空が見える。室内の電燈《あかり》を消したせいで、そこだけが街の灯が滲《にじ》んでいた。

灯は、その細長い縦の隙間の下のほうに明るい。部屋が高い場所なので、直接には街が見えないのである。

順子は、その蒼白い線を絶えずどこかで見ていた。彼女の位置からして離れたところにあったが、その線は一切の出来事の傍観者になっていた。

意識を失いそうな激しい嵐《あらし》のさなかでも、その細長い仄《ほの》かな線は彼女の眼から放れなかった。

おどろきの声は暴風の過ぎたあとで横の海野辰平によってあげられた。暗い中だったが、海野の凝然とした姿が分った。息を呑んでいる顔も想像できた。

「君は……君は初めてだったのか」

その声を聞いたとき、順子に初めて光の線が消えた。俯伏《うつぶ》せになって暗い闇《やみ》の中に自分を沈めた。何かに縋《すが》りたい気持、死んだ母の名を呼びたい気持、人生を失った絶望感、自分を疎外したやるせなさ……あらゆる感情が順子の胸に殺到してきた。身体《からだ》を固く縮めて、その狂おしい動揺をじっと受け止めていた。

「悪かった」

遠いところで海野の声がした。荒れている海の上を渡る風にも似た声だった。

「知らなかったのだ……」

海野の手が順子の肩にそっとふれた。

順子は、それを撥ねのけたかったが、今はうずくまっている自分の姿を動かしたくなかった。

「謝る。ほんとにぼくは何も知らなかったのだ。君が前もってそう言ってくれたら、ぼくは別にどうすることもなかったのだ……」

海野の声が順子の耳元で沈んでいた。順子は返事ができなかった。

突っ伏したシーツに泪《なみだ》が溜った。冷たさが頰にふれた。何のための泪か。順子は、泣いている自分を軽蔑《けいべつ》したかった。

「君が……まだ恋人を持っていなかったとは知らなかったのだ」

海野はつづけている。

「謝る」

この男は今にも、その過失のためにどんな償いでもすると言い出しそうだった。床にひざまずいて許しを乞《こ》う罪人になったのであろうか。実際、海野はそっと彼女の肩から手を放すと、ベッドから静かに降りた。眼を塞《ふさ》いでいる順子には、その微《かす》かな物音だけで彼の動静が弁別できた。海野は窓際にある椅子に腰を下ろしているのだ。

微かにライターの鳴る音がした。それきり海野は何も言わない。彼の呼吸がここまで聞えそうだった。苦悶《くもん》に満ちた息遣いだった。

何分かの沈黙がこの部屋につづいた。重苦しい、緊張に満ちた沈黙だった。順子は顔を枕《まくら》のほうに移した。まだ、泪の出るのは止まなかった。

「三沢君」

耐え切れなくなったように、海野が順子の横に静かに来て立っていた。

「君は、どうしてそんなことになったのだ？　愛してもいない男に、どうしてそんな気持になったのだ？」

海野の声は怒気《どき》に変っていた。

「なぜか、理由を言ってみたまえ」

理由次第では海野の苦しみが楽になるとでも言いたそうな口吻《くちぶり》だった。

順子は嗚咽《おえつ》を歯で嚙《か》んでいた。

「泣いているのか？」

海野は立ったままで言った。

「後悔しているんだね。後悔するくらいだったら、なぜ、ぼくに……」

海野の吸う煙草の匂《にお》いが甘く漂ってきた。

「いいえ」

順子は顔をあげずに言った。

「後悔はしていません」

なに？　というふうに海野が順子をそこから凝視した。

「後悔するくらいなら、はじめから大阪には来ません」

微かな溜息《ためいき》が、海野の口から漏れた。

「そうか……」

海野はパイプを手に持って、順子の伏せているベッドに歩み寄ってきた。

「君の気持が分らない」海野は言った。「ぼくは年寄だ。君はこれから結婚を考えているお嬢さんだ。それに、君とぼくとが遇ったのは、この前一度だけだ。君に愛情が芽生えたとは考えられない」

海野は、その辺を歩いた。

「それとも……言いにくいことだが、これははっきり訊いておかなければならぬ。それとも君はぼくとこうなることで何か利益を考えているのかね？」

順子は顔をあげた。

「そういうことをわたくしが考えていると思ってらしたの？　でも、安心して下さい。わたくしは社長さんに何んの要求もいたしません。責任は自分で持ちますから」

海野は黙って窓に行き、カーテンを少し開いた。部屋の中に外の明りが一どきに入ってきた。下にひろがっている街の灯が雲に反射し、それがここに流れ込んでいるような淡い明りだった。霞んだ月光にも似ている。

「どうも納得できない」

海野は窓を向いて言った。

「断っておくが、ぼくはもう初老の年齢だ。むろん、子供も大きい。それに、ぼくの女というか、特定の女性も二人はいる。……一人は芸者だった女だ。これは別に家を持たせてある。一人は、ある料理屋の女主人だ。もちろん、両方にも相当な援助はしている。……まさか君はぼくが純真な青年だとは思っていなかっただろうね？」

「それくらい、想像しています」

順子は、海野が窓を向いて背中を見せている間、身支度を直した。

「かけたまえ、君」

海野は、まだ窓を向いたまま言った。そこに椅子が二つ置かれてある。順子は、その一つにそっとかけた。

海野は真向いの椅子に坐った。順子は眼を伏せた。海野の姿が正視できない。海野も眼を順子の肩に向けていた。

「はっきりと君の意志を訊きたい」

相変らず煙草の甘い匂いは漂っていた。

「わたくしには今、はっきりした意志というものはありません」

「なに？」

「社長さんにはこういうことがただの遊びだったかも分りません。いいえ、きっとそうだと思います。でも、それは初めからわたくしに分っていました」

「………」

「それでもよかったのです」

「分らない人だ」

海野がつぶやいた。

「君がぼくに愛情を持っているなどと、いくらぼくでも自惚《うぬぼ》れてはいない。しかし、これは重大なことだ。お嬢さんだからね。君に意志がないということだが、それもはっきりと訊いておきたい。……率直すぎる質問かもしれないが、君は失恋でもしたのかね？」

「いいえ」

順子は首を振った。

「そうでない？」

「恋愛などしたこともないんです」

海野が、ほう、という顔つきを見せたが、それは、納得できなくはない、というようにうなずいた。とにかく、この女の肉体上の最初の恋人は海野自身だったのである。

「では、次を訊こう。……君は何かに絶望しているのか？　いや、小説か映画のような筋みたいなことを訊くが、ほかに適当な言葉がないからね。つまり、ぼくのような旧《ふる》い人間には、今の若いお嬢さんの心理がよく呑み込めないのだ」

「希望がないというのが、今のわたくしの気持にいちばん近いかも分りません」

順子は小さく言った。やはり室内は照明を消したままだった。天井に外の明りが淡く映えている。

「希望がないというのは、君の環境なのか、それとも家庭的な事情から来ているのか？」

「家庭的には何もありません。平凡な家庭ですから、これといって希望もない代り絶望もないのです」

「じゃ、別な環境だな。いま勤めているところで気に入らないことでもあったのか？」

「気に入らないといえば、これからの生き方がみんなそうかもしれません。新聞社に勤めていて、それがよく分ったんです」

「しかし、新聞社だけが人生ではない。世間には別な世界がもっと存在している。君は初めて勤めたところで希望を失ったので、世の中全体がそうだと思い込んでいる」

「そうかもしれません。でも、大同小異だと思うんです」

「すると、結婚に対しての希望もないのかね？」

そのことは、たった今、この女のとった行動に関わっている。海野の敢《あえ》てした行為にも関連している。

「特別に魅力がないんです……」

「ふしぎな話だ」

海野は言った。

「若いときは、殊に女性は、これからの人生に漠然とした夢を持っているものだ。人生は未知だというがね、その未知へのあこがれがあるのだ。結婚もそうだ。結婚は、その未知なものをさし当り具体化した対象だろう。それに対して夢がないというのは、君は、ひどく論理的な女なんだね？」

「わたくしだってまだ若いんです。夢がないとは申しませんわ。でも、わたくしの持っている空漠とした人生の夢は、あんまり色彩がないのです」

「暗い予感というやつだな」

海野にいくらか平静が取り戻せたようだった。

「君がそんな女性だとは思わなかった。もっと若い溌剌《はつらつ》とした夢を描いていると思った」

海野はパイプをテーブルの上に置いた。彼は順子のうしろに来て、その両肩に手をふれた。

「では、訊くが、君はそのなげやりな気持でぼくにすべてを許したわけか?」

「なげやりという言葉は、あまり当っていないと思います」

順子は手を置かれた肩を硬くして言った。

「わたくしだって別な生き方は持っています。でも、今の場合は何んの後悔もしていないのです。社長さんのような人から嗤《わら》われても、それでもいいと思っています。それがこれからのわたくしの生き方に一つのふんぎりをつけると思います」

「君の言うことが分らなくはない」

海野は動かないで言った。

「つまり、君は一つの勇気を持ちたかった。それには、君の気持を支配している清純な条件を放擲《ほうてき》したかった。美しいが窮屈な衣裳《いしょう》をかなぐり棄《す》てて奔放な行動ができる、あの自由さを君は求めていた。君はそういう意味でわたしの誘いに応じた」

「…………」

「だが、三沢君、それにしても、君がその邪魔な衣裳を路傍の人間に投げつけたのなら、ぼくにとって少々悲しいわけだ。つまり、ぼくに対して一片の愛情もないのかね？　それを訊きたい」


朝になった。

海野辰平は室内電話で交換台を呼び出し、秘書のホテルにかけさせた。

「今朝はぼくの自由な時間にする。君は今日一日だけ勝手な行動をしてよろしい」

秘書が何か言っていた。

「いいんだ」

海野は大きな声を出した。

「そんな会議はどちらでもいいのだ。なに、わざわざ大阪駐在の重役や幹部が集っているって？……木偶漢《でくのぼう》だ。そんな連中は追い散らしてしまえ」

秘書がびっくりして絶句している様子が眼に見えるようだった。

「とにかく、君は今日一日ぼくのこの部屋にこなくともよろしい。いや絶対にノックしては駄目だ」

海野辰平は電話器を置くと、すでに朝の窓際に坐っている順子に顔を向けた。

「断った。今日一日だけわしは自由だ。誰からも干渉されん」

彼は浮き浮きしていた。日ごろ誰からも怖れられている男が子供のように躁《はしや》いでいた。

バスに入った。髭《ひげ》を剃《そ》る。湯からあがると、いそいそとして洋服に着更えた。

「一日だけ行方不明になろう」

海野は電話でタクシーを呼ばせたあと言った。フロントでも、タクシーですか、と二度押し返して訊いている。

「順子も新聞社を辞めたことだし、どこに行っても勝手なはずだ。従いてくるかね？」

「参ります」

朝の爽《さわ》やかな風が彼女の化粧した頬に流れていた。

「何時だね？」

「九時二十分ですわ」

「今のうちなら誰にも見咎《みとが》められない。脱走だ」

海野は叫んだ。それから順子の肩を引き寄せると、その顔に唇を押し当てていた。

ドアをあける拍子に、下に差し入れてあった新聞が靴の先にひっかかった。

「今日は世間とは没交渉だ。この新聞を屑籠《くずかご》に投げ込んでくれ」

海野辰平は毎朝の新聞に丹念に眼を通すほうだった。その性格からも、仕事の上からも、新聞は欠くことのできない生活品だ。政治欄を読み、経済欄に眼を通し、大体の情勢をざっと見て取る。もっとも、その大半は、彼の計算外に出ることはなかった。つまり、前から知っていることや、予想していることしか新聞は報じてなかった。それでも、朝の新聞を見るということは彼の戦いのはじまりであり、判断の資料であり、アイディアの源泉でもあった。

それが今の海野には煩《わずら》わしいのである。

エレベーターに乗った。ボーイやメイドがエレベーターの外で丁寧に見送った。

フロントに出て、計算書にサインをした。

「お車が参っております」

ボーイが報らせるのにも、

「君、タクシーだろうね」

と、念を押したくらいだった。

フロントから玄関に出るまでは、広いロビーを横切るとき、辺りの椅子に海野の知り合いの者もいた。わざわざ起ち上がってお辞儀をするのにも海野は傲慢《ごうまん》に無視した。

「どうぞ」

タクシーの中に、順子を先に入れた。つづいて自分が乗ろうとしたとき、勢いよく到着した外車から、高野という前から使っている秘書が飛び出してきた。が、彼は海野に睨《にら》まれて立ち竦《すく》んだ。もっとも、立ち竦んだ理由の一つは、順子が座席に見えていたからでもある。

「京都へ」

海野は運転手に命じた。

海野は黙っている順子に、

「これからの行先は、ぼくに任せてもらえないか？」

と、ささやいた。順子はうなずいた。

——順子は、あれからの海野の激しい情熱を思い出していた。それにも彼女は自分を投げ込んでいた。自分で海野に意志のない女だと言ったが、行為もその通りだった。

どういうわけでこんな気持になっているのか、自分でも判断がつかなかった。とにかく、小さな過失が咎《とが》められる狭い秩序、そこから大きなものに脱け出たかった。秩序は、生きている限りどこまでも人間を捉《とら》える。社会生活をしている限り人間が秩序の外に出ることはない。だが、順子は、もっと野放図な秩序の中に身を置いてみたかった。小さな会社のそれではなく、もっと大きな世界——秩序はあっても、不条理な世界にである。

むろん、思い通りに行くとは思わなかった。その場合、こちらから一切の秩序を断てばよいのだ。つまり、生きている必要を感じないときである。車はごみごみした大阪の市街を抜けて京阪街道に出ていた。山崎あたりの山峡《やまかい》が前に見えている。

「何を考えているのだ？」

海野が言った。

「別に」

順子がほほえむと、

「君のことは引き受ける」

海野は何んでもないように言い、パイプをくわえた。

第七章　逃避行

1

車はひた走りに京都に近づいた。どこに行くのか順子にはさっぱり見当がつかなかった。海野は横でパイプを燻《くゆ》らしているだけである。

彼はあまりものを言わなかった。彼の無言の思案は順子のことか、会社の事業か、見当がつかなかった。海野は絶えず新しい企画を打ち出して社業を今日まで発展させた男だった。彼の瞑想《めいそう》はやはり事業のことかもしれなかった。

彼は、製紙事業、新聞社経営からテレビに進出し、そこでも相当な成績を収めている。批判派は、海野が財界に顔が広いので、そのほうからの援助のおかげだと言っているが、衆目の見るところやはり彼の実力の大きさだった。でなければ、海野が財界から嘱目されるはずはなかった。

海野の肚《はら》は、次がR新聞の買収だと言われている。次々と新しい考えを打ち出してきた海野は、その方法でも工夫しているのかもしれなかった。

順子は、いまの海野の態度にやはりあるたのもしさを覚えずにはいられなかった。普通の男だと、こんな場合、横の女に愛情めいた素振りをしたがるものだ。海野はそこに順子が居ることなど意識していないみたいだった。順子もなるべく海野の思案を妨げないように、窓に流れる景色を見ていた。

車は京都の街に入り、橋を渡った。

順子には久しぶりの京都だった。車はふえているが、やはり東京と比べてどこかおっとりとしている。橋を過ぎると智積院《ちしやくいん》に突き当り、それを左に曲ってゆく。この辺は東山の裾《すそ》に当って、順子も京都では好きな路だった。高台寺《こうだいじ》の前から祇園《ぎおん》の裏に出て、中院から青蓮院《しようれんいん》の静かな通りを抜け、蹴上《けあげ》から南禅寺《なんぜんじ》のほうに向った。

これがみんな海野の指図だった。

順子は、海野に意外なものを見つけたような気がした。テレビ局の社長ではあるが、文化とは何んの関係もない。海野くらいの実業家だと、京都の興味はせいぜい河原町《かわらまち》か祇園あたりだと思っていたが、彼の命じた道順は順子の一ばん好きなコースだった。しかし、口には出さなかった。

大阪を朝の九時半ごろに発《た》ったが、この辺に来たときが十一時近くになっていた。今朝は食事をしていなかった。順子は、海野と二人でホテルの朝食をとるのが面映ゆかったのである。

「腹が減ったな」

海野が初めて言った。

「君もそうだろう。食事をしよう」

車は南禅寺のほうに向わず反対側に曲った。壊れかけた築地塀など見えている寂しい通りだった。真正面に見える比叡山《ひえいざん》は、光線の具合で淡く霞んでいた。

車が停ったのは「瓢亭《ひょうてい》」という看板の出ている家だった。

門の中に入ると、飛石が池をめぐって奥にすすんでいた。

「あら、おいでやす。……社長さん、いつ、こちらへお越しどすか？」

品のいい女中が笑いを泛《うか》べて迎え、海野のうしろにいる順子にも丁寧に頭を下げた。

「飯を食わしてほしい。座敷はあいてるかい？」

「へえ、ええお部屋がおます」

池は植込みの葉を映して真蒼《まつさお》だったが、大きな緋鯉《ひごい》が下から浮び上がった。

「まあ、大きい」

順子が思わず足を止めると、

「もっと大きいのが仰山おますえ、お嬢さん」

女中は、こちらに群れてくる緋鯉を指さした。

順子は赧《あか》くなった。お嬢さん、と女中は呼んだが、ここの常連らしい海野と、自分との関係をどう見ているのだろうか。眼に入った鯉は鱗《うろこ》に苔《こけ》のような斑《ふ》のあるうす気味悪いものだった。

「この池は心字形《しんじけい》になってるんだよ」

海野の説明も何んとなく照れ隠しに聞えた。

座敷に上がった。池も、竹垣も、松の植込みも真正面から迫っていた。むろん、茶室造りである。

女主人がお薄茶《うす》を持って来て挨拶《あいさつ》した。京都の人らしい面長な、眼の細い、中年の女性だった。

「おかみ、お粥《かゆ》は出来ないか？」

「あれ、まだ作ってしめへんどす。夏だけにさせてもらってますさかい……」

「そうか。じゃ、簡単なものを頼む」

「おおきに。社長さんのお好みは、いつもお茶漬けどすな？」

「あっさりしたものがいいな」

その好みも、順子の口に合っていた。

それでは何か見計らわせます、とおかみは言い、順子にやさしいほほえみを向けた。

「社長さんはお忙ししてはるさかい、お供の方もつろうおすな」

その言葉でおかみが順子を海野の秘書だと勘違いしていることが分った。

「ええ」

順子は下を向いて小さく答えた。

しかし、順子には分っている。人を相手の商売をしているおかみが二人の間を見抜いてないはずはなかった。今の言葉は、順子にきまりの悪い思いをさせないためであろう。

海野はそこを出ると、車を北の方角に向わせた。

「君は三千院《さんぜんいん》のほうに行ったことがあるかい？」

海野は訊《き》いた。

「いいえ。……いつか行きたいと思っていたんですの」

「じゃ、これから回ってみよう」

順子は、海野のような忙しい男が今日一日のんびりしているかと思うと、ふしぎだった。おそらく、今ごろは海野の秘書たちは血眼《ちまなこ》になって彼を捜しているに違いない。大阪の会社関係の重役や、取引先、それに海野と会談を約束している関係者も彼の行方不明で狼狽《ろうばい》しているに違いなかった。

それを百も承知で、海野は順子を三千院に伴《つ》れてゆこうとしている。海野自身が愉《たの》しんでいるよりも、順子を喜ばせようとする彼の気遣いのようにみえた。それも海野の昨夜の過失の償いの一つであろうか。

出町柳《でまちやなぎ》から北に行くと、路は比叡山麓となり、片方の丘陵との狭間《はざま》になっている。車はほかにも通っていたが、東京から比べると問題ではなかった。

すっかり田舎の風景である。斜面に農家が点々とかたまっていた。

「実に愉しい」

海野は言った。

「仕事を忘れるということは、こんなに愉しいものかな」

たしかに海野の顔色はよく、仕事をしているときにみるようないらいらしたところもなかった。

順子は、海野の生活をよく知らない。妻子があるのは分っている。ほかに特定の女がいることは彼自身が宣言したくらいだから、家庭はおさまっているとは思えなかった。その女性は芸者をしていた女《ひと》だというが、どんな顔つきと性格を持っているのだろう？　今まで順子は意識しなかったが、いつの間にやら、それが小さな蟠《わだかま》りとなっていた。

三千院は、季節外れだといってもかなりの人が歩いていた。若い連中が多い。横を通る人が二人に視線を流してゆくのが順子にも分った。他人は、年齢の開いた自分たちをどんなふうに見ているだろうか。

「少し休もうか」

三千院の寺のあるところまでは急な坂を経て高い石段を登ったりするので、日ごろあまり歩きつけない海野はすぐ足を休めたがった。ゴルフをしているはずだが、やはり車だけの生活の人である。

茶屋では海野はビールを取り、順子は土地の菓子と茶を貰《もら》った。

林の葉が一ぱい空を蔽《おお》うて重なり合っている。

「君」

海野は言った。

「いつ、東京に帰ることになっているのかね？」

「いつと決めていませんわ」

「そうだ、勤めのほうは辞めたんだっけ」

海野は、ついそれを忘れていた、と笑い、

「ぼくは大阪には明日までの予定で来ている。明後日は東京で大事な会合があるから、どうしても帰らなければならない」

彼は順子を東京に一緒に伴れて帰りたそうだった。彼の言葉がそれを暗示している。

「どうだね、思い切り今晩も逃亡しようか？」

海野は悪戯《いたずら》っぽく順子を見た。

「いけませんわ。社長さんには大事なお仕事が大阪にあるんでしょ。それをすっぽかしては、みなさん、お困りになるでしょう」

「ときにはそれもいいものだ」

海野はビールを一本空けて、いくらか上気した顔になっていた。

「こういう機会でないと謀反気《むほんぎ》は起らない」

――こういう機会。

海野の気持が順子に傾斜していることが分った。しかし、それは海野の実際の愛情だろうか。忙しい仕事の合間を縫った愉しみとして遊びの同伴者にしているだけだろうか。それなら海野が囲っているという芸者上がりの女《ひと》とあまり変らないことになる。

だが、順子は、それだけで解釈するのは自分があまりに惨めだった。いくらかは海野の気持が彼女に傾いていると取りたいのだ。

「君、どう？」

海野は彼女の決心を促すように言った。

「でも、お仕事のほうはいいんですか？」

その問いは、すでに順子が海野の意志に従っていることだった。

「構わない。とにかく二日間だけ世間を忘れよう。誰《だれ》にも気づかれない二日間を持ちたいのだ」

少し酔ったせいもあって海野はうきうきした調子になっていた。

（この人は忙しい。絶えず事業に振り回されて動き回っている）

順子は躁《はしゃ》いでいる海野を見て気の毒になった。こんな地位の人でも心から、自由を欲しがっているのである。

「さて、どこにしようか」

海野は順子の前でつぶやいた。

「明後日までに東京に帰らなければならないから、あまり遠くへは行けないな。……そうだ、いっそのこと九州に行ってみようか」

「九州？　遠いわ」

順子はおどろいていた。

「なに、今は飛行機だからね、時間的にはかえって距離が近い。それに福岡からだと東京まで直行があるし、ジェットなら一時間半くらいだ。大阪・東京間の所要時間と三十分位しか違わないんだよ。……こんな京都あたりでうろついていては、すぐに見つかるかもしれないな。まさか九州に行ってるとは誰も気がつかないだろう。そうだ、これから空港に駆けつけてみよう。なに、二つくらいのシートは何とかなるだろう」

海野のほうが勇んでいた。

2

伊丹の空港は誰からも見つけられずに脱出できた。

「よかったよ」

福岡行の機上で海野は順子にささやいた。半分髪の白い男が他愛のない冒険をしているように眼を細めているのである。

「空港も危険だったが、この機上に知った人間が乗り合わせていないかと思って、実はびくびくものだったんだ。誰も居ない。神の助けだな」

上機嫌で、海野は計画を打ち明けた。

今夜は博多《はかた》に泊る。そして明日いっぱい九州の北のあたりを遊んで回り、明後日のジェット機で帰るというのだ。

しかし、順子は実際に心配になってきた。うっかりと海野の言葉に乗って来たものの、社長の「失踪《しっそう》」で彼の会社も、テレビ局も大騒ぎをしているに違いない。いや、それだけならまだいいが、問題は彼の事業関係の支障だった。海野は川北良策などとはスケールが違う。いわば日本の海野辰平であった。

「何をそう心配そうな顔をしてるんだい？」

海野は平気だという表情を見せた。

「飛行機に乗ってしまえば、もうお仕舞だ。誰がどう騒ごうと、どうにもならないんだ。諦《あきら》めるんだな」

諦めなければならないのは海野のほうであろう。

「たとえば、われわれがここから下に降りようと思っても、飛び降り自殺でもするよりほか地上には届かないわけだ。くよくよ心配してもはじまらないよ。万事、この飛行機に乗ったように、成り行きにまかせるんだね」

海野は、それから順子を窓際の席に交替させ、雲の切れ間から見えている瀬戸内海の地名を説明した。

（この人はのんきそうにしているが、もし、連絡もなしに二日間も逃げていれば、新聞が騒ぐかもしれない。どうする気なのだろう？）

順子ははらはらした。

それに、事業関係だけではなかった。海野には家庭もあることだった。その上、彼のいわゆる特定の愛人二人がいる。その女《ひと》たちの気持が気にかからないのだろうか。

順子は、ふと、この小さな旅行も、自分に対する海野の贖罪《しょくざい》の一端ではないかと思った。

だが、それだと順子はやりきれなくなる。もともと、責任は彼女のほうだった。自分から進んで大阪に来たのだ。

窓に彼女の顔がうすく映っていた。雲の中に入っているときで、天上を自分の顔が翔《か》けているみたいだった。彼女は、窓の顔に問うた。

(昨日までのあなたと、今日のあなたとはどこが違っているの?)

何も無い。東京を出るときの考えは夢想だった。意識は、昨日の彼女と少しも違っていなかった。ただ虚無感に似たものだけがひろがっているだけである。昨日まで見ていた社会と角度が少しも違ってはいなかった。

「何を考えているんだ?」

と、海野がスチュワーデスから貰ったドロップをポケットから出して与えた。

「これでもしゃぶるんだな、何んにも考えないで……。ぼくも仕事を一切離れているよ。ほれ、二日間、君も空白《ブランク》になるんだ」

機は下降に入った。順子の知らない風景が斜めになってせり上がってくる。博多湾の海が小皺《こじわ》をたたんで下にすべっていた。

「さあ、着いた」

海野が席を起《た》った。停った機からは乗客がぞろぞろと降りている。

旅びと《ストレンジャー》。

順子は、実際にそんな気になって海野の傍に寄り添い、空港の事務所に歩いた。

ここにも着いた客の出迎え人や、機を待っている客の群れがあった。

そういう人たちの間を通って事務所の前の車に歩いてゆくときだった。ロビーの椅子《いす》に並んでかけている群れの間から、一人の男がさっと起ち上がった。

「社長」

その男は海野をめがけて大きな声で呼んだ。

「海野社長じゃありませんか」

海野は、空港の混雑したロビーで呼ばれて、一瞬、足を停めた。さすがにちょっと硬張《こわば》った表情だった。

順子もその声は聞いたが、彼女はすっとほかの人の流れに従《つ》いて出口のほうに歩いた。

しかし、呼び止めた男は、順子をその眼の中に逃がさなかった。海野辰平に向った顔が順子のうしろ姿に眄《なが》し眼となっている。

「やあ、君か」

海野は言った。男は原口といって、製紙業界の間を渡り歩いている業界紙の社長だった。髪は半分近く白くなっているが、赧《あか》ら顔で精悍《せいかん》な感じだ。古い経歴の男だけにどんなところへ出ても物怖じをしない。

「珍しいところで、お遇《あ》いしましたね」

原口はニヤニヤしていた。

「社長は、たしか大阪に出張だと聞いていましたが？」

「こちらに用事があってね」

海野は短く答えた。

「お忙しいですな。海野社長が九州に急にこられるなんて、こいつはまた特ダネですね。風雲が九州にまき起る前ぶれじゃないですか？」

「いや、そうでもないよ。今日は私用で来たんだ」

海野は当惑を眉《まゆ》の間に微《かす》かに表わした。つかまった対手はあまり愉快な人物ではない。

「ほう、道理で」

原口は海野のうしろをのぞくようにして、

「秘書の方もおられないし、社のお供が従《つ》いていないと思いましたよ」

と、一本抜けた歯を出して笑いながら、

「ときたまのお忍びも悪くないですな」

と、付け加えた。

こいつ、やっぱり察している、と海野は思い、厄介な奴《やつ》に遇ったと考えた。

原口は、どんな会社でも受付を通さずに、平気で社長室や重役室に乗り込んでゆくだけの実力を持っていた。会社側でも彼の侵入を断り切れないところがある。会社の弱点を握られて面倒な男だが、ある意味では工作をするのに手先として使える男でもあった。ただ、この原口はほかの業界紙の記者と違い、妙に一本筋の通ったところを持っている。金は平気で受け取るが、必ずしもこちらの言う通りになるとは限らない。そこがこの男の巧《うま》さでもあり、コワモテのところでもあった。

海野は、その原口の近くの椅子《いす》に坐って空港備付けのテレビを見ている若い女に眼を止めた。着物の着こなしからみて水商売の女だとはすぐに分る。もともと原口も女好きで、東京、大阪、北海道、九州と、彼の出張先の到《いた》るところに女を持っているという噂《うわさ》だった。それも始終変っている。

海野辰平の立場として、原口がその種の女を同伴していることと、彼が順子を伴っていることとは相殺にはならない。弱みは彼のほうに一方的だった。

「これからどちらに？」

原口は訊いた。

空港のざわざわした雰囲気の中だ。飛行機の発着を報らせるアナウンス、待合せ客のざわめき、出迎人の混雑——そんな中での慌《あわただ》しい会話だった。

「ああ、ちょっと長崎まで」

海野は咄嗟《とっさ》にデタラメを言った。

「長崎？」

原口は眼をむいて、

「そりゃ遠い。たしか明日大阪であなたの社の総会があるはずですが、間に合うんですかね？」

さすがに業界紙の古狸《ふるだぬき》だから、手帳を見ないでもよその社の行事は自分のことのようにそらんじている。もっとも、海野の会社は一流だから当然ともいえた。

「なに、大丈夫だろう」

海野は、こうなると強気で押した。

「明日大村から飛行機に乗って、この福岡に着き、乗り継ぎで大阪に飛べば、何んとかすべり込めるよ。総会は午後四時からだからね」

「なるほど、便利なものですな。……せっかくここでご一緒になったのだから、そこいらでビールでもご一緒したいのですが、あいにくとぼくのほうには伴れがありましてね」

と、原口はヌケヌケと椅子にかけている女に眼を向けた。細い顔の女が狐《きつね》のように吊《つ》り上がった眼を海野のほうに向けて黙礼した。

「なるほど、そういう事情じゃ仕方がないな」

「どうも巧くいかないものですな。旅先ではとかく家庭の事情がありますからね」

先ほど海野から離れて出口に逃げた順子に利《き》かした言葉だった。

「君」

海野は自分でも思っていなかった言葉がつい出た。

「誤解しては困るよ」

「は？」

「さっきいたのは総務部の社員だ」

「総務部？　へえ。すると、社長の秘書ですか？」

原口は大仰に問い返した。

「いずれ、こんど君が社に来たら紹介するよ」

「お願いします。しかし、なんですな、今までついぞ見かけない顔のようですね。これまでは小川君という達者な男が社長の秘書でしたが……」

「小川だけでは不便でね。あいつに不得手なところは今の社員にやらせている」

「それでしたら、ここでご紹介願うところでしたね」

「当人は恥しかったのだろう。入社して日が浅いからね」

「名前は何んという方ですか？　いや、これから社長のところに伺うのに、ああいう美しい秘書だと楽しみになりますからね」

「三沢順子というんだ」

海野はつい本音を言った。

空港の前に出ると、順子が人の群れのうしろから出てきた。

「車に乗ろう」

海野は、タクシーに彼女を押し込めるように入れるとつづいて乗った。

「どちらへ？」

運転手は訊いた。海野はすぐに行先が泛《うか》ばない。やはり原口に遇ったのが心に動揺を残しているのだ。

「どこか静かな温泉場はないかね」

彼が訊くと、

「そうですね、この近くだと、武蔵温泉でしょうね。少し遠くに行けば原鶴《はらづる》か杖立《つえたて》あたりでしょうな。杖立になると、もう熊本県になりますが」

突然、海野が言った。

「杖立に行ってくれ」

順子は愕《おどろ》いたように海野を見た。運転手は走り出してからガソリンスタンドに寄った。遠出だからガソリンを補給するらしい。

「さっきの方、どなたですか?」

順子は訊いた。

「あれは業界紙をやっている男だ」

順子は海野の気重な表情を見て、

「わたくしのことを気づかれたんですか?」

「気づいたようだ」

「ご迷惑だったんでしょ?」

「そうでもないが、ちょっと厄介な男だ。……あいつ、ぼくが明日大阪で会議があることを知っているものだから、こんなところで遇ったのに愕《おどろ》いていた」

「その人、あなたがこちらに来たことを他人《ひと》に吹聴《ふいちょう》するんですか？」

「分らない。……これで逃亡計画が一頓挫《いちとんざ》を来したな」

海野は冗談めかして笑った。

「まさか、ああいう伏兵がいるとは知らなかった」

「で、わたくしのこと何かあの方訊いていましたか？」

「うむ。仕方がないので、うちの総務部の社員だと言っておいたがね」

「まあ。その人、始終仕事のことで社のほうにいらっしゃるんでしょ。だったら、すぐ分る嘘《うそ》だわ」

海野は何か言いたそうだったが、運転手が、お待遠さま、と運転台に戻ってきたので黙った。

「運転手君、ここから杖立までどのくらいかかるんだ？」

「そうですね、やはり三時間はたっぷりとみなければならないでしょう」

「三時間。そりゃ遠い」

海野は愕《おどろ》いたが、九州の地理を知らぬ彼はそれほどの距離があるとは思っていなかったのだ。

「では、もう少し近いとこに行きますか？　原鶴だと一時間半、武蔵温泉なら三十分です」

海野は考えていたが、

「いや、やっぱり、その杖立にしてもらおう。かまわないから、そこに行ってくれ」

「はい、かしこまりました」

車は街の間を抜け、やがて坦々《たんたん》とした道路を走り出した。左手になだらかな山が伸びている。

「大丈夫ですか？」

順子は心配そうに海野をのぞいた。

「明日大阪にどうしても着かなければいけないんでしょ？」

「何んとかなるさ」

海野は諦めた表情になっていた。

路が進むと、路傍に武蔵温泉の看板などが見えていた。

「ねえ、ここにしません？」

順子も海野の乱暴が気がかりになってきた。明日の大阪の会議は、わざわざ海野社長を迎えて行われるのだ。その本人が行方不明となると、どのような混乱が起るかもしれない。順子も責任を感じないわけにはいかなかった。

「いや、いいんだ」

海野は真直ぐに前方から流れてくる景色をみつめて答えた。

「どうせここまで来たんだ。原口という今の男に遇ったのが、かえってよかったかもしれない」

「どうして？」

「そら、まるきりぼくの行動が分らないよりも、九州に来ているということだけでも分れば、それで社の幹部もいくらか安心する。捜索願など出されては迷惑だからね。それに、さっきは君のことを総務部の人間だと言っておいたが、名前を訊かれて咄嗟《とっさ》に君の本名まで言った」

「まあ」

「いや、心配することはない。君をその言葉通り社に入れればいいわけだ」

「社に？」

順子は愕《おどろ》いて叫んだ。

「そんなこと出来ませんわ」

「どうしてだね？」

「だってあんまり急だし、それに……」

「それに、こういう間柄になったのが具合が悪いというのかね？」

「………」

「順子、ぼくは普通の社長ではないよ。今の会社はぼくがいないと困るんだ。世間ではぼくのことをワンマンと言っている。残念なことに当っているね。ほかに人がいないのだ。だから、ある程度はぼくの我儘《わがまま》が利く。君を社員にするぐらい平気なんだ」

「そうかもしれないけれど、だってあなたとの間が分って、そんなことは出来ませんわ」

「原口のことを言ってるんだね。なに、奴はメチャメチャなことを言う男ではない。女関係が多いだけに、その方面の理解はある。ぼくはあのとき咄嗟に言った言葉を後悔しないでもなかったが、今となってはかえってよかったと思っている」

「………」

「順子、帰ったら、君は社の総務部に入社するんだ、辞令を出すからね。そうして社長付になってもらう」

杖立の温泉は、阿蘇《あそ》の外輪山の北の麓《ふもと》にある。渓流沿いの路をうねうねと曲って進むと、忽然《こつぜん》と道路の下に、その温泉場の建物が現われた。

「まるで鬼怒川《きぬがわ》だな」

海野が呟《つぶや》いたように、日光近くの鬼怒川温泉の地形と似ていた。

宿に入るのも道路から下に降りて、渓流にかかった吊橋《つりばし》を渡るのである。このときはすでに夜になって、灯が美しく輝いていた。

旅館はわりと混雑していた。そのためあまり上等でない部屋に通された。しかし、渓流側なので、景色は申し分なかった。

「まさか九州のこういう山の中に泊ろうとは思わなかったな」

風呂から上がって、海野は食卓に坐った。

「ここでぼくが死んでも、誰も分るまい」

海野は宿帳にいい加減な名前をつけていた。

「会社の連絡もないし、誰も訪ねてこない。電話もないし、久しぶりに昔の自分に返ったようだ」

海野辰平は、学校を出るといろいろな職業に携《たずさ》わり、こつこつと現在の地位を築き上げてきた男だ。実際、この二、三十年間は、一時間も彼から事業が離れなかったに違いない。

「会社のほうで、もう騒いでいませんか?」

順子はビールを口につけて言った。

実際、思いがけないことになった。まさか海野の秘書になるとは考えなかった。返事はしていないが、海野はそのつもりでいた。

順子は、自分がたったこの間まで、新聞社の陽の当らない場所でこつこつと切り抜きをやってきたのが、信じられないようだった。だが、大阪に飛行機で行くと決心したとき、この世界が来ることも漠然とした予想にないでもなかった。それまでの順子は居なくなったのだ。

考えてみると、ここに来るまで数々の準備段階があった。編集局長の川北との接近、さらにはテレビ局の丸橋専務との接触、それから海野辰平である。あの狭い、新聞社の世界ですら川北は雲の上の存在に見えていた。が、環境が違うと、こうも意識まで変ってくるものか。海野とこうしていても夢とは思えないのである。

高い山の麓から山登りをしたとする。しばらくは灌木《かんぼく》などで視界がひらけない。それが展望のひらけたところで、いつの間にか麓がずっと脚の下にひろがる。そんな感じだった。ここでは写真の間違いで罰を受けることはない。これは彼女の成長というよりも、環境が変ったのだ。

もし、海野の言う通りに彼の秘書として働けば、もっと違った世界が来るわけだ。順子はその返事は保留しているが、海野なら強引に彼女をそこに持ってゆくに違いない。一年前の彼女だったら、震えていたであろう。

海野は上機嫌にビールを飲んでいる。

(この人には妻がいる。それに、世話をしている女が二、三人くらいはいるらしい)

いずれは順子のことがそういう女たちに分ってくるに違いない。そのとき海野がどう出るかだ。

もしかすると、海野はあっさりと順子を突き放すかもしれなかった。しかし、それでもいい。どうせ幸福を摑《つか》むつもりはなかった。

(こういう世界に精一ぱい生きてみよう)

順子は、自分の周囲を見回した。友達の結婚生活も、年齢《とし》の多い知人の家庭も知っている。どこにも結婚の幸福はなかった。すでに離婚している友達もいた。我慢して家庭で泣いている知人もいた。

また友達の姉で再婚している女もいた。その再婚は幸福ではなかった。絶えず夫に最初の男のことで責められているというのだった。女の幸福は結婚にはない――。

3

順子は夢をみていた。

汽車がトンネルの中を走って、窓から煙が流れ込んでくるのだ。誰かが窓を閉めそうなものだと思ったが、乗客は知らぬ顔をしている。煙は車内に渦巻いていた。どうしてこんな汽車に乗ったのだろう。石炭を焚《た》く旧型の機関車がまだ走っているのか。

煙に噎《む》せて苦しかった。ほかの客は、その煙の中で一向に平気なのだ。窓際の男は新聞を読んでいる。おかしい。煙に苦しめられているのは自分だけなのだろうか。息が詰りそうだった……。

そこで眼があいた。

暗い中だったが、雲の中にいるように、あたりがうす赤くぼんやり霞んでいる。その霞がむくむくと動いていた。はっきり鼻孔に煙が流れ込んできて、順子は激しい咳《せき》をした。

咳は、傍に寝ている海野辰平も二、三度つづけてした。

順子が見たのは、その雲の中に美しい赤い砂が舞い流れていることだった。火の粉と知って飛び起きた。

「社長さん」

順子は海野を揺り起した。

海野は正体もなく寝込んでいる。咳をしたあと寝返りをしていびきをつづけていた。

「社長さん、大変です」

海野が首を動かした。いびきが熄《や》んだが、まだ何も言わない。眼をあけているが、事態の認識がはっきりしないようだった。

「火事です。早く起きて下さい」

順子は必死に彼の肩に手をかけて揺った。

このとき遠くのほうで人間の騒ぐ声が聞えた。海野が蒲団《ふとん》を蹴《け》って跳《は》ね起きた。

火の粉がふえ、煙が気体でなく物体となって呼吸《いき》を圧迫してきた。

海野は川にむかった窓のカーテンを引き、捩込錠《ねじこみじょう》を引き出し、ガラス戸をあけ、雨戸を一枚繰った。この操作がずいぶん長い時間のように思えた。

戸を開くと、赤いフィルターをかけたように外が真紅に染まっていた。光った、きれいな色だ。夜の風景ではなく、綿雲のような煙が凄《すご》い勢いで上に突き上げていた。

しかし、窓をあけたせいで室内の煙が外に走り出て、息苦しさはいくらか楽になった。

海野は窓の下を見た。

二階だが、もともと絶壁の岩礁の上に建てられているので、下までは十五メートルぐらいありそうだった。

しかも、すぐ川なのだ。僅《わず》かにコンクリートで固めた岸があるだけだ。

そこで初めて分ったことだが、対岸の旅館にも、山の斜面にも、人が集って喚《わめ》いていた。サイレンが唸《うな》っている。

悲鳴がこの家の中で聞えているのは、これも窓をあけてからだった。

海野は、一瞬、煙の渦の流れの中にたたずんだ。

順子は、造付けの洋服ダンスに走った。扉をあけようとするのを、海野がうしろから叱《しか》った。

「バカ。何をするんだ？」

順子が扉をあけてハンガーからスーツを下ろしかけたのを、海野が手で押えた。

「着更える間はない。まごまごすると死んでしまうぞ」

海野は、宿の寝巻のまま逃げろ、というのだ。

順子はスーツを捥《も》ぎ取ると、胸の前に抱えた。

「このままではいやです」

「着更える間なぞはない。一分遅れると、それだけ火が回って逃げ場がなくなる」

「でも……」

女としての本能は、この醜い姿を人の前にさらすくらいなら、死んでもいいような意識になった。

海野は洋服には眼もくれず、床の間に置いた鞄《かばん》だけを手探りで取った。暗いからではなく、煙で視界が塞《ふさ》がれているのだ。火の粉が畳に落ち、小さな火を噴きはじめた。

「こっちに従《つ》いてくるんだ」

海野は順子の手を強く引き、襖《ふすま》をあけた。瞬間、煙の物凄い襲撃だった。順子は顔を伏せ、抱えているスーツで鼻と口を塞いだ。

「非常口はどこだ？」

それを確かめてなかったのが危険を深めていた。足もとは煙に映《は》えた火の色で無気味に明るかったが、行く手はその噴煙で一歩も進めない。そこが階段だと分っているが、近づけないのである。

ほかに人影はなかった。泊った客はいち早く逃げ出したのか、声も聞えぬ。誘導にくる宿の者もいなかった。

「急ぐんだ」

海野は片手に鞄を持ち、一方の手で順子を引きたてた。反対側は背後の煙が流れているだけで、その行く手に火は無いと判断した。

が、角を曲ったときに二人の足は竦《すく》んだ。ほんの四、五段くらいの階段の下から伸びた長い廊下が真赤になっている。夜のことで、火の色は一そうに鮮烈であった。

前後を火で囲まれたのだ。物が弾じける激しい音が鳴りつづけた。

死ぬかもしれない、と順子は思った。が、海野の顔は凄《すご》かった。彼はいきなり横のドアをあけた。そこは浴室だった。ここだけはタイルの部屋が平穏無事に湯を湛《たた》えて静まり返っていた。が、赤い照明の中にあるのには変りがない。

海野は、外窓の向うが屋根になっているのを見た。屋根の半面は火の色に染まり、煙が匍《は》っていた。

海野はそこにあった桶《おけ》を摑むと、ガラス戸を叩《たた》き割りはじめた。

二人が地上に降りたとき、宿の者と消防団の救護班が駆けつけた。お怪我はありませんでしたか、とか、ご無事で結構でした、とか、申し訳ございません、とか、さまざまな慰めが煩《うる》さいくらいに降ってきた。番頭の誘導で、二人はそこから少し離れた同じ経営の別館に入った。その宿の表には「避難所」と大きく書かれてあり、高張提灯《たかはりちょうちん》の周りには消防団員や、ほかの連中が屯《たむ》ろしていた。彼らは泊り客のぶざまな姿をじろじろと見ていた。殊に女客には興味的な眼《まなこ》を送った。

別館は避難してきた泊り客で混雑している。海野と順子は番頭の案内で、四十ばかりの、商人風の夫婦者の部屋に一緒に入れられた。その男は角刈りで、窓の外から火勢を見物していた。夫婦者は宿の浴衣だけである。

「大ぶん火がおさまってきよったわ」

彼は痩《や》せこけた女房に言った。

「火はおさまったかしらんが、こんな格好で、わてらどうなるんやろ?」

女房は尖《とが》った顔をして不平を言った。

「心配せんかてええ。そこは宿の者があんじょうしてくれるわ。大きな声では言えんが、かえって今まで着てたものよりええものに変るかしれへんで」

大阪商人は、座敷の隅に不機嫌な顔で坐っている海野をかえりみた。

「おや、あんさん方も着のみ着のままだすな」

「………………」

「わてらもこの通りだす。どうでっしゃろ、宿はどのくらい補償金を呉れまっしゃろな？」

海野は横を向いていた。そこに番頭がどこかの宿で作ったらしい夜食の折詰を運んできた。

「まことに申し訳ございません。お腹《なか》が減ったでしょうから、どうぞ、これなと召し上がって下さい。いずれあとから主人がご挨拶に参ります」

各部屋とも同じ弁当を配るため、番頭のうしろには襷《たすき》がけの女中が折詰を板に積み上げて抱えていた。

「なあ、番頭はん、ご主人が来やはってから言おうと思ってますが、あんたのところの不始末で客に迷惑をかけたんやさかい、そこはちゃんとみてくれまっしゃろな？」

「へえ、そりゃもう……」

番頭はつづけて頭を下げた。

「そうしてもらわんとあかんわ。こんな格好では一歩も外へ出られへん」

女房が横から言った。

「そやがな。わてら九州を遊びに回るため、洋服かて、着物かて新調してきたさかいな。同じ値段ぐらいのものを作ってもらわんと、どもなりまへんわ。どやな、番頭はん、主人は渋いほうか、それとも話の分る人か？」

「さあ……出来るだけのことはすると申しております」

番頭は海野と順子にお辞儀をして、逃げるように去った。

あとを嘲《あざけ》るように見送って大阪商人は、また海野に話しかけた。

「あんさん方もそうでっしゃろ。ご立派な方やさかい、ええ装《なり》をしてはったに違いおまへん。あんまり宿のほうでケチケチ言いよったら、罹災者で申し合わせ、ひとつ、共同で要求せなあきまへんな」

「…………」

「あんた、粘《ねば》んなはれや」

痩せた女房が亭主を激励した。

「そら、そうや。あんまりシブチンやと、やってこまさなあかん」

商人夫婦の下卑た言葉つきや態度が、順子の気持を苛立《いらだ》たせた。浴衣の上には宿から持ってきた茶色の半纏《はんてん》だけは羽織ったが、自分ながら情けない格好だった。

しかし、もっと落ちつけなかったのは、肝心の海野が人が変ったように不機嫌になっていることである。彼は片手に持ち出してきた鞄の中から煙草を取り出して、それを吸ってばかりいた。

順子が何か言っても彼はあまり答えなかった。彼女は、それを海野が自分と同じように苛立《いらだ》たしい気分でいるものと取っていた。それに、海野の場合は、大阪の会合を初め、いろいろと社のことが気にかかるに違いなかった。それにしても、海野はもっと自分に親切にしてくれてもいいのだ。少なくとも短い慰めの言葉ぐらいはかけてもらってもいい。

海野があの危機の中を連れ出してくれたことは、ある意味で彼女を救ったことでもある。実際、無我夢中だったが、振り返ってみると、その行為は海野の強い愛情から出ていると思える。そのことが順子に初めて海野への信頼を起させていた。

それだけに順子は彼の態度への物足りなさをどうしようもなかった。

外の火事はおさまった。

今まで赤かった景色が、次第に乳色の薄明に変ってきていた。

一睡もできなかった。順子は壁に凭《もた》れたままで坐っていた。海野は横になって肘《ひじ》をついたり、胡坐《あぐら》をかいたりしていた。大阪者の夫婦は畳の上に転がっていびきをかいていた。

完全に夜が明けてから温い朝食が配られた。火元が旅館の調理場だったこと、原因は火の不始末で、ほとんど一物も残らないくらいの全焼だったこと、泊り客に怪我人がなかったことなどが旅館側から説明されたが、

「みなさまにもご迷惑をかけておりますので、これから警察の方と立ち会いで、主人が弁償の方法をご相談したいと申しております」

番頭が告げた。

「何ンで警察の者がこなあかんのや」

大阪の夫婦者は不満そうに言っていた。

順子は海野と車に乗って、博多の方角に向っていた。

来るときに見たままの川や渓谷《けいこく》が戻ってくる。昨日見てすぎた町や村があった。

そのことごとくが色彩のないものに映っていた。

海野は横で煙草ばかり吹かしている。相変らずむっつりとした沈黙だった。彼は必要な言葉を最少限にしか言わない。それにできるだけ短く節約したものだった。

順子は、海野の不機嫌さが初めて理解できた。思わぬ災難に、この人は女との愉しみを破壊されたのだ。そして、夢から醒《さ》めたような顔つきになっている。

順子は、宿で海野が巡査に調べられているのを思い出した。

「大へんな災難でしたな」

土地の巡査は同情的に言った。

「わたしのほうとしては、一応、罹災者の方の身元を確認しておきたいのですが」

「どういう必要からですか？」

海野は抵抗するように言った。その激しい口調に、順子も思わず横から彼の顔を見たものだ。

「いや、その、こういう事故は、あとでまたいろいろ問題が起りますからな」

巡査は柔らかく答えた。

「補償の問題、そのほかですか。いや、わたしは何も要求しませんよ。ただ、博多へ出るまでの古い洋服でも貰えれば結構です。まさか浴衣のままで博多の洋服屋にも行けませんからな」

「ごもっともです。で、この宿帳に書いてあるご住所の通りに記録してよろしいでしょうか？」

巡査は、半分、視線を順子にも当てていた。この巡査もうすうす二人の事情は分っているようである。温泉地の駐在所だから、その辺の察しはいいのかもしれない。

「そうですね、ま、それでいいでしょう」

「失礼ですが、こちらのお名前は？」

巡査は順子のことを訊いたが、これは宿帳に彼女の名前がないからだった。「外一名様」とあるだけである。「それはですね、ええと……」

海野は少し狼狽し、

「東京都……」

と、吃《ども》りながら住所と姓名を言った。むろん、順子の全然知らない名前だった。

巡査がその通り書きつけていると、「しかし、われわれはもう何も宿屋に要求しませんから、このままにしておいて下さって結構です」

海野が口を添えた。

「つまり、連絡の必要はないわけですね？」

警官はうす笑いしながらうなずいた。

「そうです。ぼくらは被害者ですからね、そうしつこく記録される必要はないと思います」

「いや、誤解しないでいただきたいのです。警察としてはあとで手落ちのないようにしたいからです」

巡査もさすがにむっとしたらしい。

「ご職業は？」

「会社の……いや、自分で小さな商売をしています」

「ご商売。なるほど。業種は？」

「そうですな、電気器具商ですよ。……その辺のところでいいでしょう」

巡査は片頰に笑いを残して二人の前から去った。海野は苦り切っていた。

憤《おこ》りたいのは順子のほうだった。海野辰平が身分を匿《かく》すのは当然と思うが、巡査への答え方はただ自己だけの防衛でしかないようだった。彼の口吻《くちぶり》からすると、できることなら順子とは無関係な人間に主張したいらしいのだ。それがありありと口調にも表情にも出ている。

いま海野は宿が出したうす汚ない古洋服を身につけていた。滑稽《こっけい》なことに、こうした装《なり》だと、財界の怪物も朴訥《ぼくとつ》な農夫としか映らなかった、順子は彼から身を避けると、窓際に寄って外の景色ばかり見ていた。

昨夜まで示してきた海野の態度が頭に泛《うか》ぶ。愛の言葉もそうだったが、空港で業界紙の男に見られたあと、順子を自分の秘書にすると言い切ったのだ。それもあの場の思いつきだったとは、この掌《てのひら》を返したような態度で分る。一時的に女を喜ばせる術策であった。

おそらく、海野は、この災難に遭って急激な幻滅が起ったのであろう。この男は、事業の中に生れてきたような人物だった。頭脳もいいし、手腕もあるし、意欲も、野心も、また、それにふさわしい行動力も備えている。その戦場から、二日間逃避していたことが、今の彼にはバカバカしくみえ、後悔しているのだ。

海野の不機嫌な沈黙は、すでに順子と離れたがっていることを露骨にしていた。

順子は、窓を向いてひとりで笑い出した。海野が妙な顔つきをして彼女のほうを振りむいた。小さなダムが水を満々と川に湛えている。それが過ぎるとその川は急に衰えた水になっていた。順子は再び笑い出した。

博多に入って、海野がレディメイドの洋服を買って与えるというのを断った。逃げるときにスーツを抱えて来たのが幸いしたのだ。皺《しわ》だらけだったが、これで十分だった。

海野は身に合うような既製服のいちばん高いのを買って、その場で着込んだ。それから、表に待たせてある車に先に乗り込んで、順子を待った。

「わたくしは別々で帰りますわ」

順子は外から言った。

「そう。じゃ、航空券を買ってあげる」

海野が言った。

「いいえ、いりません。……一人で汽車で帰ります」

順子は、車をはなれて歩き出した。

4

一か月後、R新聞は遂に社長が経営を投げ出すに至った。社長は悪戦苦闘をつづけて、その私財まで投げ出したが、傾く社運は大地が傾斜したように彼の力ではどうすることもできなかった。事業は意地だけではどうなるものでもない。

これには銀行側からの圧力がR社に加わっていた。銀行としては「みるだけの面倒をみた」挙句というのだ。それ以上の世話を断ったのみならず、その貸金回収のために海野辰平の買収に応ずるようにすすめた。表面上は勧告というかたちだが、実はR社も銀行筋の命令に服するよりほかなかった。

社員もこの悲運を早くから察知して動揺をつづけてきていた。今のうちに身の振り方をつけたいと他への就職工作を運動していたが、それも成功したのはほんの一部で、ほとんどが浪人状態だった。名の通った新聞社では、途中から他社の垢《あか》のついた人間を入れないのである。

若い者は、それでもまだツブシが利いた。週刊誌のトップ屋になったり、業界紙に入ったり、PR紙の編集員に採用されたりしたが、年配の者を迎え入れるところはなかった。

そうなると、編集局長の川北良策などがいちばん困るのである。彼も先輩や知己を回って頼み込んだが、どこも、まあ、そのうちに、というような曖昧《あいまい》な返事で実現性がうすかった。彼は、いやしくも新聞社の編集局長だから、その肩書でこれまでは相当な人間と付き合っていた。しかし、社自体が潰《つぶ》れ、その職を失えば、どこも川北には冷淡であった。彼を見る世間の眼も違ってきた。

それに、川北は社内では人気がなかった。口やかましかったのも彼が編集局長という椅子に在ったからで船全体が沈むと、その権力もあったものではない。社員も彼に意地悪い眼つきをしはじめた。

海野辰平がどこまでR新聞社のメンバーを引き受けるかというのは興味あることだったが、蓋《ふた》をあけてみると、一応「対等の条件」という前ぶれが全く降参に終ったことが分った。R新聞社員で今度の新会社に吸収されたのは全体の三割にも足りない。それもほとんどが印刷関係の工場員だった。

しかし、川北良策は一応悠然としていた。あと三日で社の解散式を挙行するというのに、彼は例によって編集局長室の白い椅子に肥った身体《からだ》を沈めていた。そこに集っているのは、同じく馘首《くび》になった専務や、常務や、業務局長などの首脳部であった。

彼らは内心では焦っている。だがお互いにみっともない態度は見せたくないようだった。

そのくせ、誰が有利な身の振り方をつけるかについて肚の探り合いをしていた。その場もほとんどが雑談である。別段悲しそうな顔も見せないのは、彼らの最後のプライドともいえた。

「海野さんが一か月前に雲隠れしたことがあったね。大阪に行って、ほんの二日間だったが」

　と、専務が言いだした。どうせ自分を拾ってくれない男だから、どんな悪口を言っても平気だった。

「ああ、あれはふしぎだったな」

　常務が言った。

「製紙会社も××テレビの役員連中も大分あわてたらしい。あの人が二日間も行方不明になるということはなかったからね」

「けど、すぐに戻って何んとか当面を切り抜けたらしい。なにしろ、ワンマンだからな。自分の行方不明については、役員会でも一言も言わなかったそうだ。みんなも唖《おし》のように黙っているとはさすがだな」

「それについては」専務がニヤニヤして言い出した。「ちょっと変った情報があるんだ。海野は大阪から九州福岡に行ったらしい。板付の空港で彼と出遇《であ》った男がいるんだ。それによると、海野は女を伴れていたらしいよ」

　ほう、という声が一座から起った。みんなは専務のほうをみつめている。

「出遇ったというのは誰ですか？」

　常務が訊いた。

「それが海野にとってはあんまりうれしい人物じゃなかった。ほら、業界紙の原口だ。奴は福岡からの帰りでね、飛行機から降りたところをばったり顔を合わせたわけだが、あの剛腹な海野が狼狽《ろうばい》していたそうだ。それで海野は秘書を伴れて来たと言い訳を言ったそうだがね。その名前を明かしているんだ。原口は半分は本当かと思ったそうだ」

「へえ」

「ところが、奴さんもあんな男だから、すぐに製紙会社で調べたそうだ。すると、そんな女なんか社員の中にいない。秘書も男ばかりだ。そこで原口は、さすがに海野だ、咄嗟《とっさ》によく女の名前がもっともらしく口から出たものだ、と言っていた」

「何んという名前ですか？」

常務が訊いた。

「三沢順子というんだよ」

「えっ」川北が思わず膝《ひざ》を進めた。

「三沢順子？」

「知ってるのかい？」

「知るも知らないも、そりゃうちの社員でしたよ」

今度は一同が川北の顔をみつめる番だった。

「資料調査部にいましてね。この前、外国人の顔写真を間違えて紙面に出したため、ぼくが調査部長や整理部長を譴責《けんせき》にしています。その張本人ですよ」

川北は、自分で言って信じられない顔をしている。

三沢順子という名は海野も知っているはずだ。ナイト・クラブで海野の頭にビールを浴びせた女だし、そのため川北自身が順子を伴れて海野のもとに謝りに行っている。印象は強いわけだ。だから、海野は咄嗟《とつさ》に彼女の名前を業界紙のうるさ型原口に告げたのかもしれない。

しかし、もしや、という直感が川北にないでもなかった。

「専務さん、原口は、その女がどんな顔つきをしていたか言わなかったんですか？」

「うむ、言ったよ。あの男、女には眼がないからな。いや、この場合は眼があったと言っておこう」

と、原口から聞いたという海野の伴れの女の人相をざっと話した。

間違いないと、川北は心の中で叫んだ。三沢順子だ。……

あの女、あれきり社を辞めている。もしや、今の話が本当だとしたら、海野のもとに使われているのではなかろうか。製紙会社のほうでなくても、海野はテレビ局も持っている。それに、R新聞社を土台にして新しい新聞社を起そうとしているから、もし、その気なら、彼女をどこにでも使えるはずだ。又は、順子を誰も知らない場所に置いているケースも考えられる。

川北は、その場に来た者が解散してから、急いで自分の手帳を繰り、三原真佐子のマンションに電話をした。

「あら、順子なら、うちの店に働いていますわ」

真佐子の返事に川北は二度びっくりした。

ホールでは余興のショーが繰りひろげられていた。

外国人の親子で、滑稽《こっけい》なアクロバットだった。サイレントだから、動作だけの笑いで到るところにアクロバット的なギャグが出ている。年取った男は、二十七、八くらいの息子を対手に殴られたり、蹴飛《けと》ばされたりしている。

ああして親子で世界中を歩いているそうだが、儚《はかな》いもんだね、と順子の付いている客席から男が言っていた。

「結構、あれで面白いんじゃない?」

ホステスの一人が言った。

「気楽に世界中を回るんだもの。お金を儲《もう》けながら知らない土地を見て、これくらいいいことはなさそうよ」

「いや、そうでもないよ。あれで奥さんもいるだろうし、息子のほうにも子供があるかもしれない。やはり一ところに安住してちゃんとして居たいだろうな」

客が同情していた。

しかし、この客は一流会社の部長ということだが、会社での生活も案外放浪のようなものではなかろうか。ただ住んでいる家を当分は移らないだけである。会社自体が安全でも、さまざまな対人関係でいつ辞めなければならない羽目に陥るか分らないのだ。別に絶対的な保障もなく、彼もただ現在の生活にかじりついているだけである。

順子はまだこの店に馴《な》れないので、黙って坐っているだけだった。客が煙草をくわえると、素早くマッチを擦《す》るくらいだし、すすめられた酒はほんの一口グラスを舐《な》める程度だった。冗談を言われても笑っているだけで、スマートに答える術も知らなかった。

そんな順子を真佐子が庇《かば》ってくれている。素人では無理だと経営者が言うのを、真佐子が頼んでこの店に入れてくれたのだ。もとより、収入は、真佐子のようなベテランの半分にも足りない。

客から誘われると、順子はホールに出て踊る。

「君はまだ馴れていないね」

と、客からよく言われた。この仕事の前には何をしていたの、と大抵の客が訊く。順子は新聞社の名前など決して出さなかった。

生活のためにここを択んだという意識はあまりなかった。真佐子がいるから誘われて入ったというだけの気持しかない。これではいけないと思いながら、まだ虚脱した気持が十分に抜け切れないでいる。

客の中には、若くてきれいな女秘書をわざとこれ見よがしに伴れてくる社長もいた。

そういうお供は大抵その社員だったが、相当な年配の幹部社員が秘書に気を兼ねているのである。その態度だけで社長と秘書との関係が端《はた》の眼にも分るのだが、彼女のほうも何んの遠慮もなく平気で社長の傍につき、お供を見下している。

「あんたもあんなふうになったか知れないわね」

真佐子がこちらのテーブルからその連中を眺めて順子の肘をつつく。

「きっと、あの女《ひと》、社内では淀君《よどぎみ》みたいな存在に違いないわ。ほら、右側の人、頭が白いから、会社ではベテランだろうけれど、あの女秘書の前ではまるで形無《かたな》しじゃないの」

実際、その通りだった。社長さえその女に気を遣《つか》っているのだ。

順子もあの通りの人生を考えないでもなかった。それは九州の福岡から、あの杖立温泉にゆく車の中だ。海野が愉しげに口走った言葉で、ふとそんな虹《にじ》を描いたものだ。

その以前には、たった一枚の写真を間違えたことで社内で大きな傷手を受けた。また川北のことでは悪意のある噂も立てられた。前の場合は、いかに勤人が小さなミスでも罰を受けるしくみになっているかを知らされたし、あとの場合では、社内の勢力争いで、いつ、どんな疵《きず》を受けなければならないかを知ったのだ。みんな、小さなことにあくせくしている。第三者からみると取るに足らぬ瑣事《さじ》だが、しかし、案外、それは当人の人生を変えるくらいの怖ろしさを持っている。

それへの反撥《はんぱつ》が順子にあった。もし、海野辰平の誘惑に乗って彼の言葉通りの仕事に就《つ》いたら、彼女にも信じられないくらいの力が与えられたであろう。まるで映画か小説のような夢の世界が実現する可能性があったのだ。いま、真佐子が指しているように、向うの席では、その小さな見本がくりひろげられている。海野辰平となると、あれよりスケールがずっと大きいのである。彼の寵愛《ちようあい》を受けて、彼の後光で我儘に振る舞えたら……少なくとも彼女がR新聞社で受けた経験に仕返しすることはできる。

まるきりの夢ではなく、実現性が十分にあったのである。海野もあのときはその気でいたのだ。

それが文字通り一夜にして崩壊したのは、泊った旅館の火事だ。男の利己主義が、そのときむき出しになった。

あの火事のとき、海野辰平は本能的に身を守った。彼は、順子との関係がその事故で世間に大きく知られるのを当惑したのだ。彼の情熱は、あの炎の跡のように焼け落ち、しらじらとした灰となったのである。

あれはたった一晩のことだったが、いずれはそういう目に遭うに違いなかった。期間が長いのと短いだけの違いだ。順子は、せめて博多の街で海野の車から離れた自分がいくらか救えたように思える。

こうして坐っていると、新聞社に出ていた一年間も、海野と行動を共にした二日間も、うたかたの淡い記憶であった。ほんの束《つか》の間の出来事である。心身ともに傷は受けたが、その代りこれから実際にひとりで生き抜こうという根性を得た。受けた傷が死ぬほどの深手でなかったのはある意味で幸いだったかもしれぬ。

向うの席で、例の社長が椅子を起つと、女秘書が胸を反らせて、すぐそのあとに歩いた。ほかのいい年齢《とし》をした幹部社員が鞠躬如《きっきゅうじょ》として彼女のあとに従う。

真佐子の言う通り、ああいう人生も自分に実現したかもしれないと、順子は一行をそこから眼で見送っている。その面白さ、愉しさが、かつては彼女の空想にあったのだ。――

「近ごろ、海野さんはちっとも姿を見せないわね」

真佐子が煙草を口にくわえて言った。

「あんたがここに働いていることを知ってるのにね」

「…………」

「この前、ドアマンの男の子が報らせたわ。海野さんの車が、ずっと先のフラワー・コーチの前に着いていたんだって」

真佐子は、この店からあまり遠くない別なナイト・クラブの名前を言った。海野がここを避けてそこで遊んでいるというのである。

「海野さんだって、あんたがここに働いていれば、きっと気が咎《とが》めてるに違いないわ。ひどい人ね」

「もう言わないで」

順子は止めた。

「わたしのひとりだちの人生の初めに起ったちょっとした悪夢だったわ。でも、その夢をみたおかげで、わたしもずいぶん大人になったつもりだわ」

「たしかに」

真佐子も笑った。

「あんた、見違えるように利口になったわ」

二人の間に寂しい笑い声が立てられた。

「そりゃそうと」

真佐子が思い出したように言った。

「昨日だったかしら、川北さんが……ほら、前のあんたの局長よ、わたしに電話をかけてよこして、あんたのことを訊いてたわ。ここに居ると言ったら、川北さん、びっくりしていたわ」

「そう」

「あの新聞社、とうとう、いけなくなったんですってね。お客さんの話だけど、川北さんもどこへも行くところがないらしいわ」

今では、その川北の名前も自分とは縁のない遠い存在となっている。

社が潰《つぶ》れてしまえば、元調査部長だった末広も、次長の金森も外の激流に抛《ほう》り出されているのだ。縮れ髪をして、始終、糊《のり》と鋏《はさみ》を使っていた河内三津子も今後どういう職業に就くであろうか。

そういえば、順子に好意をみせていた木内一夫も新しい職場を探していることであろう。あの人は静かな性格だったから、いい職場に就けるとよいが……。

「ねえ、順子」

真佐子が言った。

「人間ってちっとも変っていない気がするわね」

不意の言葉で意味が分らなかった。

「だってそうでしょう。あんたは短い間にいろいろな経験をしたわ。ことによると、今をときめく海野辰平のご寵愛をうけて淀君にもなれたかもしれないわ。いいえ、あんたはその入口まで行っていたのね。……それが、こうしてわたしの傍に平凡な顔つきで坐っている。以前とおんなじだわ。何んにも変ったことがなかったみたいだわ。わたしのほうが、あんたにそんな激動期があったなどとは、まるで嘘みたいにみえるの。学校のときも一緒だったし、今も同じ職場にこうしているじゃないの……。人間って本当に何もなかったようにみえるわ。考えてみるとふしぎだわ」

——そうだ、何もなかった。すべて旧《もと》の如《ごと》し、という言葉を何かの本で読んだが、真佐子が言う通り、ふしぎな気がしないでもない。

——そうだ、何んにも変っていない。あんな経験は、今に記憶にも残らない小さなことになるであろう。永い人生の中の、ほんのちょっとした夢だった。

ボーイが静かに歩いて来て、真佐子の耳もとにささやいた。

「順子、わたしのお客さまが来たわ。あんたも一緒に来てね」

真佐子が音楽の中から言った。

解説

山前《やままえ》　譲《ゆずる》
（推理小説研究家）

Ｒ新聞社の入社試験を受けたとき、三沢順子は社会部のようなところを希望した。しかし、入社後に配属されたのは資料調査部である。新聞や雑誌の記事の切り抜き、あるいは写真部のプリントを、整理して保存する部署だ。記者活動の縁の下の力持ちではあるが、いかんせん地味な部署であり、部内の空気は沈滞している。次長クラスは他部署ではじかれた連中でまったくやる気がない。部長職こそ出世階段のひとつとなっているが、それだけに社内の政治的な動きに立ち回るのに忙しい。

その日、順子は整理部員から、夕刊用にＳ・フレッチャーという人物の写真を求められる。すぐに渡したが、その写真はなんと別人だった。中近東における国際紛争に関する記事で、Ｒ新聞だけ写真を間違ってしまったのである。このミスは社内に大きな波紋を呼び、資料調査部の部長と次長のひとりが左遷されてしまう。責任を感じた順子は、編集局長の川北に辞表を出すのだが……。

光文社文庫の〈松本清張プレミアム・ミステリー〉の第六弾が『高台の家』からスタートした。それにつづくのが本書『翳《かげ》った旋舞《せんぶ》』である。このシリーズはこれまでに三十作近く刊行されている。まさに膨大な数となった松本作品からすれば、それは氷山の一角と言えるかもしれない。だが、じつに多彩な世界がそこに描かれていることは実感できたはずである。

一九五八年に刊行された『点と線』や『眼の壁』以降、重厚な社会派推理が代表的作品として語られることが多いが、女性を主人公に、その繊細な心理を描いた作品も多い。たとえば〈松本清張プレミアム・ミステリー〉にも、経済官僚の夫と妹との不可解な心中の真相を追及する『山峡《さんきょう》の章』、洋裁店を経営する叔母の謎めいた行動を探る『殺人行おくのほそ道』、夫が遺したカメラのレンズ会社の経営に奔走する『湖底の光芒』といった長編がある。

松本清張が旺盛な創作活動を見せる少し前のことだが、「戦後強くなったのは女性（女房）と靴下」が流行語になった。女性が強くなったことを具体的な数値で証明することは難しいだろうが、靴下が強くなったのは間違いないようだ。それはいわゆるストッキングのことで、ナイロン製の破れにくいものが、まだ高価だったとはいえ、普及したのである。ほどなく高度経済成長期へ歩みはじめると、洗濯機などの家事労働をサポートする電化製品が普及し、女性の社会進出を促した。

そうした時代を反映してか、一九六〇年前後の松本作品には女性の視線からの作品が目立つ。たとえば、ビジネス界やマスコミ、あるいは官公庁など、男性中心とされてきた環境に身を置く女性が巻き込まれた事件である。

『蒼い描点』の椎原典子は文芸図書の出版社の新米編集者だ。女流作家の原稿をもらうのに苦労しているが、その作家の不審な言動から典子はある疑惑を抱くのだった。『黒い樹海』の笠原祥子の姉は新聞の文化部記者として活躍していた。その姉の死が思わぬところから伝えられる。姉と同じ職場で働くことになった祥子がその真相に迫っていく。『美しき闘争』は離婚後に雑誌記者となった井沢恵子が、マスコミ界のさまざまな暗部を目の当たりにするのだった。

『ガラスの城』は一流製鋼会社のエリート社員が殺された事件だが、ミステリーとしての構成に工夫がある。その課長の下で働いていたふたりの女子社員の手記によって、その後の顛末が語られていくからだ。製鋼会社の内部の確執もさることながら、その構成の妙による意外性が印象的である。『塗られた本』の紺野美也子は夫の詩集を出すために出版社を設立した。さらに流行作家の小説を出そうとするのだが、『湖底の光芒』とはまた違ったしたたかな女性経営者の姿がそこにある。

彼女たちの視線は往々にして、地位や金銭などさまざまな欲望に踊らされている男たちの醜い姿を暴いていく。

その一方で、思いがけない事件に直面した女性を主人公にした、ロマンチック・サスペンスとでも言いたい作品がある。代表的なのは新妻の禎子を主人公にした『ゼロの焦点』だろう。結婚してまだ間もないというのに、金沢に出かけた夫が失踪してしまった。その金沢へ向かった禎子は、夫の過去を辿って事件の真相に迫っていく。そしてさまざまな女性の半生が語られる。

『球形の荒野』の芦村節子は奈良唐招提寺《ならとうしょうだいじ》の芳名帳に、亡き叔父の野上の筆跡に似た署名を発見して驚く。外交官だった野上は、一九四四年、スイスで病死したことになっている。その野上の娘の久美子は今、外務省に勤めていたが、彼女を中心とする数奇な物語はじつに切ないクライマックスを迎えるのだ。『霧の旗』は死刑判決を受けた兄の無実を確信する柳田桐子が、冤罪事件で有名な弁護士を訪ねている。冤罪への興味もさることながら、桐子の激しい心情が異色の物語を演出しているのだった。

なかには男を翻弄《ほんろう》し、そして逆に翻弄されてしまう成沢民子を中心にした『けものみち』のような長編もあるが、経済や政治の世界の暗部を描いた物語にも、巧みにさまざまな女性像を織り込んでいた松本作品である。

この『翳った旋舞』もそんな暗部がサスペンスを高めていく。経営不振のR新聞社には吸収合併の動きがあった。密かに画策しているのは別の新聞社の経営者で、R新聞社と共同でとあるテレビ会社に出資している海野辰平である。そしてR新聞社内部では熾烈な派閥抗争が繰り広げられていた。順子はいつしかその大きな流れに巻き込まれていくのだ。

『翳った旋舞』は「女性セブン」に連載された（一九六三・五・五〜十・二十三）もので、一九八三年十一月にカドカワノベルズの一冊として刊行された。その際、新たに全七章に章立てされたが、大幅な加筆訂正はない。角川文庫（一九八五・六）としても刊行されている。連載開始号は「女性セブン」の創刊号だった。

『翳った旋舞』の連載がスタートした一九六三年五月は、作家松本清張がもっとも多忙だった瞬間だと言えるだろう。その月、『けものみち』（週刊新潮）、『塗られた本』（婦人倶楽部）、『ガラスの城』（若い女性）、『象徴の設計』（文藝）、『天保図録』（週刊朝日）、『黄色い杜』（婦人画報　『花実のない森』と改題）、『彩霧』（オール讀物）、『石路』（小説現代　『湖底の光芒』と改題）、『神と野獣の日』（女性自身）、『屈折回路』（文學界）、『大岡政談』（朝日新聞夕刊　『乱灯 江戸影絵』と改題）と長編を連載している。

さらに連作の『別冊黒い画集』(週刊文春)と『絢爛たる流離』(婦人公論)、そしてノンフィクションの『現代官僚論』(文藝春秋)も連載していた。その執筆量はもとより、女性向けの雑誌も含めた発表媒体の多彩さには驚かされる。まさに超人的としか言いようがない。また、この一九六三年には、日本推理作家協会の第二代理事長に就任している。

そして『翳った旋舞』の初刊本には以下のような「作者のことば」が寄せられていた。

学校を終えた若い女性たちは、就職し、其々の職場に将来の夢と希望を託す。が、職場には、出世をめぐる男たちの醜い戦いがある。

その渦中に巻き込まれた時、彼女たちは何を感じ、何を思うだろうか……。

新聞社に働く三沢順子。彼女の職場でのミスは、社内の派閥争いに火をつけ、思いがけぬ運命が彼女に訪れる。

人生の確かな手ごたえを求めてさ迷うヒロインの心と行動を描いてみた。

男たちの欲望と策謀の狭間をさ迷った順子は、思い切った決断をする。そんな彼女の行動を、『黒革の手帖』の主人公である元子と対比する読者も多いのではないだろうか。一九八〇年に刊行されたその長編は、幾度となく映像化されたこともあって、松本作品のなかでもとりわけ知られている。銀行員の元子は架空名義預金から大金を横領するが、不正を取引材料にして告訴を免れ、銀座にバーをオープンする。男たちの欲望を手玉にとって、彼女の野望はさらにエスカレートしていく。だが、そこに待っていたのは……。

社会の裏面を知ったことで新たな道を歩みはじめようとする順子と、その裏社会を利用したはずなのに陥穽《かんせい》に嵌《は》まっていく元子。ふたりは何かひとつの道で繋がっているように思えるのだ。

いわゆる男女雇用機会均等法が施行されたのは一九八六年である。しかし、いまだに日本は男性中心の社会であることは、世界的な統計から明らかだ。国会における女性議員の比率もなかなか高まらない。こうした二十一世紀の日本社会を背景にして、はたしてどのような松本作品が書かれていっただろうか。そんな想像の翼を拡げてみたくなる。

一九八五年六月　角川文庫刊

光文社文庫

長編推理小説

翳《かげ》った旋《せん》舞《ぶ》　松本清張《まつもとせいちょう》プレミアム・ミステリー

著者　松《まつ》本《もと》清《せい》張《ちょう》

2019年9月20日　初版1刷発行
2020年2月15日　2刷発行

発行者　鈴木広和
印刷　萩原印刷
製本　榎本製本

発行所　株式会社光文社
〒112-8011　東京都文京区音羽1-16-6
電話（03）5395-8149　編集部
8116　書籍販売部
8125　業務部

ISBN978-4-334-77906-1　Printed in Japan

組版　萩原印刷